Crónicas Lunares

Título original: *Fairest*
Traducción: Roxanna Erdman
Edición: Inés Gugliotella
Armado y diseño: Leonardo Solari sobre maqueta de Marianela Acuña

Marco © 2015 Heiko Klug
Imagen central © 2015 Vin Tew
Diseño de tapa: Rich Deas • Guarda © 2015 Rodrigo Adolfo

© 2015 Marissa Meyer
© 2016 V&R Editoras
www.vreditoras.com

Argentina: San Martín 969 piso 10 (C1004AAS) Buenos Aires
Tel./Fax: (54-11) 5352-9444 y rotativas
e-mail: editorial@vreditoras.com

México: Dakota 274, Colonia Nápoles
CP 03810 - Del. Benito Juárez, Ciudad de México
Tel./Fax: (5255) 5220-6620/6621
e-mail: editoras@vergarariba.com.mx

ISBN: 978-987-747-093-2

Impreso en México, junio de 2016
Litográfica Ingramex, S.A. de C.V.

Meyer, Marissa
Crónicas lunares, Fairest / Marissa Meyer. - 1a ed. - Ciudad Autónoma de Buenos Aires: V&R, 2016.
184 p.; 21 x 14 cm.
Traducción de: Roxanna Erdman .
ISBN 978-987-747-093-2
1. Novelas Fantásticas. 2. Literatura Juvenil Estadounidense. I. Erdman , Roxanna , trad. II. Título.
CDD 813.9283

Crónicas Lunares

Fairest

La historia de Levana

MARISSA MEYER

V&R
EDITORAS

Este libro es para los lectores. Los lunárticos. Los fans.
Gracias por emprender esta travesía conmigo.

"Espejito, espejito,

¿quién es la más hermosa?

Acércate más y te contaré una historia:

los oscuros secretos de la reina, que

he anhelado develar.

Su codicia puede haberla llevado

a robar y matar,

mientras que su maldad la condujo

a quebrar la voluntad de un hombre.

Pero la peor tragedia que aún he

de exponer es que todo eso lo hizo

por amor...

Eso cuenta nuestra historia.

Y si alguna vez quisieras mi retrato

de la reina impugnar, debes saber

que no soy sino un espejo.

No puedo mentir".

YACÍA SOBRE UNA PIRA ARDIENTE, CON LA ESPALDA SOBRE CARBONES encendidos. Chispas blancas pasaban volando ante sus ojos, pero el alivio de la inconsciencia no llegaba. Su garganta estaba ronca de tanto gritar. El olor de su propia carne quemada entraba por su nariz. El humo escocía sus ojos. Ampollas iban brotando en su piel, y jirones enteros de esta se iban desprendiendo, dejando el tejido vivo debajo.

El dolor era implacable, la agonía interminable. Rogó que llegara la muerte, pero esta jamás acudió.

Estiró su única mano en un intento de apartar su cuerpo del fuego, pero el lecho de carbones crujió y se colapsó bajo su peso, sepultándola, hundiéndola más hondo entre las brasas y el humo.

A través de la confusión alcanzó a vislumbrar unos ojos amables. Una sonrisa cálida. Un dedo que le hacía señas. *Ven aquí, hermanita…*

Levana se atragantó y se incorporó sobresaltada, sus piernas enredadas en las pesadas mantas. Sus sábanas estaban húmedas y frías por el sudor, pero su piel seguía ardiendo a causa del sueño. Sentía la garganta irritada. Se esforzó por tragar, pero su saliva tenía gusto a humo y se estremeció. Luego, se sentó bajo la tenue luz matutina,

temblando, tratando de alejar la pesadilla. La misma pesadilla que la había perseguido a lo largo de demasiados años, aquella de la que parecía que jamás podría escapar.

Se frotó repetidamente los brazos y los costados con las manos hasta que tuvo la certeza de que el fuego no había sido real. No estaba ardiendo viva. Estaba a salvo y sola en su recámara.

Con la respiración entrecortada, se deslizó al otro lado del colchón, lejos de las sábanas empapadas de sudor, y se recostó de nuevo. Temerosa de cerrar los ojos, se quedó contemplando el dosel y practicando una respiración lenta hasta que su pulso se estabilizó.

Trató de distraerse planeando quién sería aquel día.

Miles de posibilidades surgieron ante ella. Sería hermosa, pero había muchos tipos de belleza. Tono de piel, textura del cabello, forma de los ojos, largo del cuello, un lunar bien ubicado, cierta gracia en la manera de caminar.

Levana sabía mucho de belleza, del mismo modo que también sabía bastante sobre fealdad.

Y entonces recordó que el funeral sería hoy.

El pensamiento la hizo gemir. Qué agotador sería mantener el encanto todo el día, enfrente de tantos. No quería ir, pero no tenía alternativa.

Era un día inconveniente para estar agitada por pesadillas. Quizá lo mejor sería elegir algo familiar.

Mientras el sueño se perdía en su subconsciente, Levana acarició la idea de ser su madre aquel día. No como había sido la reina Jannali cuando murió, sino quizás una versión quinceañera. Sería una especie de homenaje asistir al funeral usando los pómulos de su madre y sus ojos, de un violeta intenso. Todo el mundo sabía que habían sido producto del encanto, pero nadie se había atrevido a decirlo en voz alta.

Pasó unos cuantos minutos imaginando cómo se habría visto su madre a su edad, y dejó que el encanto la envolviera. Cabello rubio plateado impecablemente peinado en un moño bajo. Piel tan blanca como el hielo. Un poco más baja de lo que llegaría a ser de adulta. Labios rosa pálido, como para no distraer el atractivo de aquellos ojos.

Hundirse en el encanto la tranquilizó. Pero apenas comprobó su aspecto se dio cuenta de que estaba mal.

Ella no quería ir al funeral de sus padres con el atuendo de una chica muerta.

Un toquecito discreto en la puerta interrumpió sus pensamientos.

Levana suspiró y rápidamente improvisó otro disfraz que había soñado unos días antes. Piel aceitunada, nariz respingada con gracia y cabello negro como el ala de un cuervo, con un corte adorablemente corto. Probó varios colores de ojos antes de dar con un impactante gris azulado, enmarcado por unas intensas pestañas negras.

Antes de concederse un cambio de opinión, se incrustó una joya de plata en la piel debajo de su ojo derecho. Una lágrima. Para probar que estaba de luto.

–Entre –dijo, abriendo los ojos.

Entró una doncella llevando una bandeja con el desayuno. La chica hizo una reverencia, sin alzar la vista del suelo –lo cual dejó sin utilidad el encanto de Levana– antes de aproximarse a la cama.

–Buenos días, Su Alteza.

Incorporándose, Levana permitió que la doncella acomodara la bandeja en su regazo y le colocara una servilleta de tela. La muchacha le sirvió té de jazmín en una taza de porcelana pintada a mano que había sido importada de la Tierra varias generaciones atrás, y lo aderezó con dos hojitas de menta y un chorrito de miel. Levana no dijo nada mientras la doncella destapaba una fuente de diminutos pastelillos rellenos de crema para que pudiera ver cómo lucía el conjunto antes de emplear un cuchillo de plata para cortarlos en bocados aún más pequeños.

Mientras la doncella se afanaba, Levana se fijó en el plato de frutas de brillantes colores: un durazno suavemente aterciopelado colocado en medio de un halo de moras negras y rojas, todas ellas espolvoreadas con azúcar impalpable.

—¿Alguna otra cosa que pueda traerle, Su Alteza?

—No, eso es todo. Pero envía a la otra en veinte minutos para que prepare mi vestido de luto.

—Por supuesto, Su Alteza —respondió, aunque ambas sabían que no había *otra*. Cada uno de los sirvientes del palacio eran *el otro*. A Levana no le importaba a quién enviara la doncella, siempre y cuando esa otra la enfundara adecuadamente en el impecable vestido largo gris que la modista había enviado la noche anterior. Levana no quería molestarse encantando su vestido además de su rostro, no con tantos pensamientos en la cabeza.

Con otra reverencia, la doncella abandonó la recámara, dejando a Levana con la vista clavada en la bandeja del desayuno. Apenas ahora caía en la cuenta de lo inapetente que se sentía. Le dolía el estómago, quizá como resabio del horrible sueño. O, supuso, podía ser tristeza, aunque era improbable.

No sintió demasiado la pérdida de sus padres, que ahora llevaban ausentes la mitad de un largo día. Ocho noches artificiales. Su muerte había sido terriblemente sangrienta, asesinados por un vacío que empleó su inmunidad al encanto lunar para infiltrarse en el palacio. El hombre le había disparado a dos guardias reales en la cabeza antes de alcanzar la recámara de sus padres, en el tercer piso, donde después de matar a otros tres guardias le había cortado la garganta a su madre, hundiendo el cuchillo tan hondo que le había seccionado parcialmente las vértebras. Luego había avanzado por el pasillo hasta donde su padre dormía con una de sus amantes, y lo había apuñalado dieciséis veces en el pecho.

La amante, que tenía salpicaduras de sangre por todo el rostro, seguía gritando cuando acudieron dos guardias reales.

El asesino vacío continuaba apuñalándolo.

Levana no había visto los cadáveres, pero sí las habitaciones a la mañana siguiente, y su primer pensamiento había sido que la sangre podría haberle dado un lindo tono a sus labios.

Sabía que no era un pensamiento adecuado, pero tampoco creía que a sus padres se les hubiera ocurrido algo mucho mejor si la asesinada hubiera sido *ella*.

Levana se las había arreglado para comer tres cuartas partes de un pastelillo y cinco moras pequeñas cuando la puerta de su habitación se abrió de nuevo. Su primera reacción fue de enojo por la intrusión: la doncella se había adelantado. Su segunda idea fue verificar que su encanto siguiera en su sitio. Sabía que el orden de las preocupaciones debía haber estado invertido.

Pero fue su hermana y no uno de los sirvientes sin rostro quien se deslizó en su habitación.

—¡Channary! —ladró Levana, apartando la bandeja. El té se derramó por los bordes de la taza, anegando el platito que la sostenía—. No te he dado permiso para entrar.

—Entonces quizá deberías echar llave a tu puerta —dijo Channary, avanzando por la alfombra como una anguila—. Hay asesinos por aquí, ¿sabes?

Lo dijo con una sonrisa totalmente despreocupada. ¿Y por qué habría de ser de otra manera? El asesino había sido ejecutado rápidamente en cuanto los guardias lo hallaron, con el cuchillo ensangrentado aún en la mano.

Levana no creía que allá afuera pudiera haber más vacíos tan enojados y desquiciados como para intentar otro ataque. Channary era simplemente una tonta si pensaba lo contrario.

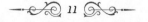

Una tonta muy bella, claro, que son las peores. Su hermana tenía una encantadora piel bronceada, cabello castaño oscuro y unos ojos que se rasgaban hacia arriba justo en las comisuras, de manera que siempre se veía como si estuviera sonriendo, incluso cuando no sonriera. Levana estaba convencida de que la belleza de su hermana era producto del encanto, segura de que nadie que fuera tan horrible por dentro podía ser tan encantador en el exterior, pero Channary jamás confesaría una cosa o la otra. Si había algún resquicio en su ilusión de belleza, Levana aún estaba por descubrirlo. A la muy estúpida ni siquiera le molestaban los espejos.

Channary ya estaba vestida para el funeral, aunque el apagado tono gris de la tela era el único indicio de que había sido confeccionado para el duelo. La falda de red se extendía casi perpendicular a sus muslos, como el traje de una bailarina, y el top ceñido al cuerpo tenía incrustados miles de brillos plateados. Sus brazos estaban pintados con amplias franjas grises que subían en espiral por cada extremidad y luego se reunían en el pecho para formar un corazón. Dentro del corazón, alguien había escrito *Se los extrañará.*

En conjunto, su aspecto le produjo a Levana ganas de vomitar.

—¿Qué quieres? —preguntó, y se quitó las mantas.

—Verificar que no me avergonzarás con tu aspecto el día de hoy —Channary acercó la mano al párpado inferior de Levana con la intención de corroborar si la gema incrustada se sostenía. Dando un respingo, Levana le apartó la mano de un manotazo.

—Un detalle muy bien pensado —comentó Channary, sonriendo

—Menos fraudulento que asegurar que los vas a extrañar —dijo Levana clavando la mirada en el corazón pintado.

—¿Fraudulento? Al contrario: los voy a extrañar muchísimo. Especialmente las fiestas que Padre solía ofrecer durante la Tierra llena. Y tomar prestados los vestidos de Madre cuando iba de compras a AR-4

–vaciló–. Aunque supongo que ahora simplemente puedo quedarme con su modista, así que quizá no sea una gran pérdida después de todo –con una risita, se sentó en el borde de la cama, pescó una mora de la bandeja del desayuno y se la metió en la boca–. Deberías prepararte para decir algunas palabras en el funeral.

–¿*Yo*?

Era una idea pésima. Todo el mundo la estaría mirando, juzgando qué tan triste estaba. No creía que pudiera fingir tan bien.

–Tú también eres su hija. Y –con la voz repentina e inexplicablemente quebrada, Channary se dio unos toquecitos en el rabillo del ojo– no creo ser lo bastante fuerte para hacerlo todo yo sola. Me sentiré abrumada por la pena. Quizá me desmaye y necesite que un guardia me lleve en brazos a algún sitio oscuro y tranquilo para recuperarme –soltó un bufido y todos los indicios de tristeza se desvanecieron tan rápidamente como habían aparecido–. Es una idea atractiva. Quizá pueda ponerla en práctica cerca de aquel joven nuevo, el del pelo rizado. Parece bastante... servicial.

Levana hizo una mueca.

–¿Me vas a dejar sola para que yo guíe al reino entero de duelo y tú puedas retozar con uno de los guardias?

–Oh, basta –dijo Channary tapándose las orejas–. ¡Eres tan fastidiosa cuando lloriqueas!

–Tú vas a ser *reina*, Channary. Tú vas a tener que pronunciar discursos y tomar decisiones importantes que afectarán a todo el mundo en Luna. ¿No crees que es hora de que te lo tomes en serio?

Riendo, Channary se lamió los granos de azúcar que le quedaron en la punta de los dedos.

–¿Así como nuestros padres se lo tomaban con seriedad?

–Nuestros padres están *muertos*. Asesinados por un ciudadano que debe de haber creído que no estaban haciendo un buen trabajo.

Channary sacudió una mano en el aire.

—Ser reina es un derecho, hermanita. Un derecho que viene con un interminable suministro de hombres y sirvientes y hermosos vestidos. Deja que la corte y los taumaturgos se encarguen de todos los detalles aburridos. En lo que a *mí* se refiere, voy a pasar a la historia como la reina que jamás dejó de reír —echándose el cabello tras el hombro, recorrió la habitación con la mirada, observando el papel tapiz dorado y los cortinajes bordados a mano—. ¿Por qué no hay ningún espejo aquí? Quiero ver qué tan bonita me veo para mi actuación lacrimosa.

Levana salió de la cama y tomó una bata que descansaba sobre una silla.

—Sabes muy bien por qué no hay espejos.

Al escucharla, la sonrisa de Channary se ensanchó. Ella también saltó de la cama.

—Ah, sí, es verdad. Tus encantos son tan favorecedores en estos días que casi lo olvido.

Luego, rápida como una serpiente, Channary le cruzó el rostro con el dorso de la mano, con tal fuerza que la lanzó contra uno de los postes del dosel. Levana soltó un grito, y el shock hizo que perdiera el control sobre su encanto.

—Ah, ahí está mi patito feo —canturreó Channary. Aproximándose, tomó la barbilla de Levana y la sujetó firmemente antes de que esta pudiera alzar la mano para frotarse la mejilla ardiente—. Te sugiero que la próxima vez que pienses en contradecir una de mis órdenes te acuerdes de esto. Tal como amablemente me lo recordaste, voy a ser reina, y no toleraré que mis órdenes se cuestionen, en especial si se trata de mi patética hermanita. Tú *hablarás* por mí en el funeral.

Volviendo el rostro, Levana parpadeó para retener las lágrimas que habían acudido a sus ojos y se esforzó por reinstaurar su ilusión. Por ocultar su desfiguración. Por fingir que ella también era hermosa.

Con el rabillo del ojo alcanzó a ver que una doncella se quedaba paralizada en el umbral. Channary no había cerrado la puerta al entrar, y Levana estaba bastante segura de que la doncella lo había visto todo.

De inmediato, la sirvienta bajó la vista e hizo una reverencia.

Soltando la barbilla de Levana, Channary dio un paso atrás.

—Ponte tu vestido de luto, hermanita —dijo, volviendo a usar su linda sonrisa—. Tenemos un gran día por delante.

EL GRAN SALÓN ESTABA LLENO DE GRISES. CABELLOS GRISES, MAQUILLAJE gris, guantes grises, vestidos grises, medias grises. Chaquetas negro carbón y mangas color brezo, zapatos blancos como las campanillas de invierno y sombreros de copa del color de la tormenta. A pesar de aquella paleta de tonos apagados, los invitados al funeral parecían cualquier cosa menos dolientes. Porque entre aquellos grises había vestido hechos de cintas que flotaban y joyería esculpida y flores escarchadas que crecían formando minúsculos jardines entre cabelleras generosamente esponjadas.

Levana podía imaginar que las modistas de Artemisa habían estado muy, *muy* ocupadas desde el asesinato.

Su propio vestido era apropiado. Un traje largo, hasta el suelo, de terciopelo damasco gris con motivos del mismo color y cuello alto de encaje que, supuso, se veía precioso con el cortísimo cabello negro que le sumaba encanto. No era tan vistoso como el tutú de Channary, pero al menos conservaba algo de dignidad.

En un estrado al frente del salón, un holograma mostraba al rey y la reina fallecidos tal como alguna vez se habían visto en sus años de juventud. Su madre —apenas un poco mayor que Levana ahora— tenía

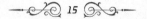

puesto su vestido de boda. Su padre estaba sentado en el trono, con su ancha espalda y su quijada cuadrada. Desde luego, eran retratos artísticos; las grabaciones de la familia real estaban estrictamente prohibidas, pero el artista había captado sus encantos casi a la perfección. La mirada acerada de su padre, la elegante manera en que su madre agitaba los dedos al saludar.

Levana se colocó junto a Channary en el estrado, aceptando besos en las manos y las condolencias de las familias lunares mientras iban desfilando. Sentía un nudo en el estómago, pues sabía que su hermana planeaba eludir las responsabilidades de ser la mayor y forzarla a dar el discurso. Aunque había estado practicando por años, cada vez que se dirigía a una audiencia Levana todavía sentía un miedo irracional a perder el control de su encanto y a que la vieran tal como era en realidad.

Los rumores eran bastante malos. Se murmuraba que la joven princesa no era para nada hermosa y que de hecho había resultado grotescamente desfigurada en algún trágico accidente en su infancia. Que era una suerte que nadie tuviera que verla nunca. Que todos tenían la fortuna de que ella fuera lo suficientemente hábil con el encanto para no tener que soportar semejante fealdad en su preciosa corte.

Hizo una inclinación con la cabeza para agradecer a una mujer sus mentiras acerca de cuán honorables habían sido sus padres, cuando su atención se fijó en un hombre que se hallaba varias personas más atrás en la fila.

El corazón le dio un vuelco. Sus movimientos se volvieron automáticos —asentir, ofrecer la mano, murmurar *gracias*— mientras el mundo se reducía a un borrón de tonos grises.

Sir Evret Hayle había llegado a ser guardia real en la escolta personal de su padre cuando Levana tenía solo ocho años de edad, y

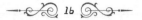

desde entonces lo había amado, a pesar de que sabía que era casi diez años mayor que ella. Su piel era oscura como el ébano, sus ojos rebosaban inteligencia y astucia cuando estaba en servicio, y júbilo cuando se hallaba relajado. Alguna vez había descubierto manchitas grises y esmeraldas en sus iris, y desde entonces se sentía fascinada por sus ojos, deseando que algún día volvieran a estar tan cerca como para poder admirar de nuevo esas pintitas. Su cabello era un denso revoltijo de cabellos ensortijados, suficientemente largos para parecer indómitos y lo bastante cortos para verse refinados. Levana no creía haberlo visto nunca sin su uniforme de guardia, que con tanta precisión marcaba cada músculo de sus brazos y hombros. Nunca, hasta hoy. Llevaba unos sencillos pantalones grises y una camisa estilo túnica que era casi demasiado informal para un funeral de la realeza. Parecía un príncipe.

Desde hacía siete años ella creía que era el hombre más guapo de toda la corte lunar. De la ciudad de Artemisa. De Luna entera. Lo había conocido antes de ser lo bastante mayor como para entender por qué su corazón latía tan fuerte cuando él estaba cerca.

Y ahora se aproximaba aún más. Solo los separaban cuatro personas. Tres. Dos.

Como la mano había comenzado a temblarle, Levana se irguió un poco más y ajustó el encanto de manera que sus ojos se vieran un poco más brillantes y la joya de su piel brillara como una lágrima de verdad. También se hizo un poquito más alta, de una estatura más cercana a la de Evret, aunque suficientemente pequeña como para parecer vulnerable y necesitada de protección.

Habían pasado muchos meses desde que había tenido una razón para estar tan cerca de él, y ahora aquí estaba, aproximándose con la mirada llena de compasión. Ahí estaban esas pinceladas de gris y esmeralda, así que al parecer no eran un invento de su imaginación.

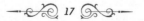

Por una vez, él no estaba desempeñando el papel de guardia, sino el de un doliente ciudadano de Luna.

Estaba tomando su mano y llevándosela a los labios. Aunque el beso cayó en el aire, por encima de sus nudillos, su pulso resonaba como el océano en sus oídos.

—Su Alteza —dijo, y escuchar su voz resultaba un tesoro casi tan raro como poder observar las manchitas en sus ojos—. Lamento mucho su pérdida. La pena nos embarga a todos, pero sé que a usted le pesa más que a cualquier otro.

Ella trató de guardar sus palabras en lo más recóndito de su mente para recuperarlas y analizarlas en algún momento en que él no estuviera sosteniendo su mano o atisbando en su alma. *Sé que a usted le pesa más que a cualquier otro.*

Aunque parecía honesto, Levana no creía que él sintiera demasiado aprecio por el rey y la reina. Quizá su pena se debía a que no había estado en servicio cuando ocurrieron los asesinatos, así que no había podido hacer nada por evitarlos. Levana percibió que él estaba excepcionalmente orgulloso de su puesto en la guardia real.

Por su parte, sin embargo, estaba agradecida de que Evret no hubiera estado ahí. De que hubieran sido otros los guardias que resultaron muertos.

—Gracias —musitó—. Su gentileza hace que sea un poco más fácil soportar este día, sir Hayle.

Eran las mismas palabras que les había dicho a incontables invitados en aquel mismo evento. Deseando ser suficientemente lista como para improvisar algo significativo, agregó:

—Espero que sepa que usted era uno de los favoritos de mi padre.

No tenía idea de si era verdad, pero al ver que la mirada de Evret se suavizaba, se volvió tan cierto como había esperado que fuera.

—Seguiré sirviendo con lealtad a su familia mientras sea capaz.

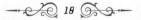

Una vez que intercambiaron las palabras apropiadas, él le soltó la mano. Su piel vibraba mientras la dejaba caer de nuevo a su costado.

Pero en vez de avanzar para ofrecer sus condolencias a Channary, Evret se volvió y le hizo señas a una mujer que se hallaba a su lado.

—Su Alteza, me parece que usted no conoce a mi esposa. Su Alteza real, princesa Levana Blackburn, ella es Solstice Hayle. Sol, ella es Su encantadora Alteza, la princesa Levana.

Algo se resquebrajó en el interior de Levana y se puso duro y filoso en sus entrañas, pero se obligó a sí misma a sonreír y ofrecer la mano mientras Solstice hacía una reverencia y besaba sus dedos y decía algo que Levana no escuchó. Sabía que Evret se había casado hacía algunos años, pero le había dado muy poca importancia a ese hecho. Al fin y al cabo, sus padres estaban casados, pero ello no parecía generar gran afecto entre ellos; ¿y qué era una esposa en un mundo en que las amantes eran tan comunes como los sirvientes y la monogamia era tan rara como un eclipse de Tierra?

Pero ahora, al conocer a la esposa de Evret por primera vez, notó tres cosas en rápida sucesión, que la hicieron reconsiderar cada pensamiento que había dedicado a la existencia de aquella mujer.

Primero, era profundamente hermosa, pero no de la manera que brindaba el encanto. Tenía un rostro alegre en forma de corazón, cejas elegantemente arqueadas y la piel del tono de la miel. Llevaba el cabello suelto para la ocasión, y este caía por su espalda casi hasta la cintura en mechones gruesos y oscuros ligeramente ondulados.

Segundo, que Evret miró a su mujer con una gentileza que Levana nunca antes había visto en los ojos de un hombre, y que esa mirada atizó en ella un anhelo tan poderoso que dolía como si fuera una tortura.

Tercero, que la esposa de Evret estaba muy, muy embarazada.

Eso Levana no lo sabía.

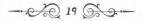

–Encantada de conocerla –se escuchó decir Levana, aunque no reparó en la respuesta de Solstice.

–Sol es costurera en AR-4 –dijo Evret, y había orgullo en su voz–. Le encargaron que bordara algunos de los vestidos que se usarían el día de hoy.

–Oh. Sí, yo… me parece recordar que mi hermana mencionó a una costurera que se estaba volviendo muy famosa.

Levana guardó silencio mientras el rostro entero de Solstice se iluminaba, y observarla hizo que su odio se solidificara.

Levana no recordó nada más de su breve conversación, hasta que Evret colocó su mano en la espalda de su esposa. El gesto pareció protector, y solo cuando continuaron avanzando Levana notó la fragilidad de Solstice, que al principio había quedado oculta por su belleza. Parecía una criatura delicada, exhausta por el funeral o el embarazo, o ambos. Evret parecía preocupado mientras le susurraba algo a su esposa, pero Levana no alcanzó a escucharlo y para cuando se acercaron a Channary, Solstice concentraba toda su atención.

Levana se volvió hacia la fila de recepción. Otro doliente, otra expresión de buenos deseos, otro mentiroso. Mentiras, puras mentiras. Levana se volvió autómata –asentir, ofrecer la mano, murmurar *gracias*– conforme la fila se estiraba más y más. Conforme su hermana iba perdiendo más y más interés en aparentar tristeza y sus risitas y coqueteos repiqueteaban agudos por encima de los susurros de la multitud. Conforme los hologramas de sus padres intercambiaban votos matrimoniales.

Monogamia. Fidelidad. *Amor verdadero.* No creía haberlo atestiguado nunca, no fuera de los cuentos de hadas que le habían contado de niña y los dramas fantasiosos que en ocasiones se presentaban para entretenimiento de la corte. Pero ser tan amado… debía ser un

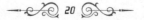

sueño. Tener un hombre que te mirara con tal adoración. Sentir la presión de sus dedos en tu espalda, un mensaje silencioso para que todos vieran que tú eras suya y él… él debía ser tuyo.

Cuando una mujer que llevaba astas grises en la cabeza vio las lágrimas que comenzaban a brillar en los ojos de Levana, asintió comprensivamente y le entregó un pañuelo gris almidonado.

LEVANA SE CONVENCIÓ A SÍ MISMA DE QUE HABÍA SIDO ABURRIMIENTO LO que la había llevado a salir del palacio tres días después del funeral, aún vestida de gris, en el tercero y último día de luto. Se dijo a sí misma que quería vestir algo brillante y hermoso cuando el período de duelo llegara a su fin y todo el reino se regocijara cuando su nueva reina asumiera el trono por primera vez. Se dijo a sí misma que necesitaba un par de zapatillas bordadas nuevas para la ceremonia de coronación, o quizás una faja finamente hilada para la cintura. En su guardarropa no había nada que sirviera para tan histórica ocasión.

Si se había tomado la molestia de inventar una historia para los guardias de las plataformas de los trenes de levitación magnética, había sido en vano: nadie la detuvo ni le preguntó a dónde iba.

AR-4, el distrito comercial más popular en Artemisa, mostraba el ajetreo de familias de la corte y nobles con sus sirvientes, todos vestidos de diferentes tonalidades de gris, todos preparándose para las festividades del día siguiente. Pero nadie reconoció a Levana bajo el encanto de una diosa de piel aceitunada, alta y atlética, con un cuello hermosamente largo y pómulos bien definidos. No se ocupó del cabello, pues no quería desviar la atención del encanto de la cabeza y el cuerpo perfectamente esculpidos. Solo los silenciosos guardias del palacio que seguían sus pasos podrían haber delatado su identidad, pero la calle estaba demasiado abarrotada como para que alguien se fijara en ellos o en la chica a la que vigilaban.

No les prestó atención a los zapateros ni a los diseñadores de moda, los sombrereros ni los joyeros, las galerías de arte o las confiterías. Sabía exactamente a dónde se dirigía. Contó las calles que había visto por la mañana en el mapa holográfico. Se fijó brevemente en la Tierra creciente, que podía verse en el cielo oscuro, más allá de la semiesfera del domo protector, pero la perdió de vista cuando dobló en la esquina de un encantador callejoncito lateral. El aroma de café tostándose, proveniente de una pequeña cafetería, la siguió mientras esquivó ágilmente los tiestos con flores en las ventanas y las bancas de piedra labrada que bordeaban el callejón. Aunque no se hallaba completamente desierto, estaba tranquilo en comparación con el bullicio de la calle principal.

Y ahí estaba el taller, justo donde el mapa y el directorio habían indicado. Un letrero sencillo colgaba sobre la entrada, con la imagen de una aguja y un hilo, y el escaparate mostraba una variedad de ovillos y telas.

Tan pronto lo divisó, Levana se dio cuenta de que su estómago se había anudado desde el momento en que entró en el callejón. Estaba nerviosa.

¿Y por qué? ¿Por la esposa de un guardia de palacio? ¿Una simple costurera? Ridículo.

Hizo una seña a los guardias para indicarles que permanecieran afuera, se dio ánimo y empujó la puerta.

Se encontró en una sala de exhibición bien iluminada. Un vistazo rápido confirmó que no había ningún encargado allí, pero una segunda puerta, que estaba entreabierta, conducía a una habitación en la parte posterior, de donde salía un zumbido de telares mecánicos.

Dos maniquíes holográficos situados en las esquinas modelaban diversos atuendos, desde lencería hasta vestidos de baile, trajes de tres piezas o medias de crochet. Cada pieza era magnífica. Resultaba fácil entender por qué este taller insignificante, ubicado en un callejoncito de AR-4, estaba ganándose tan rápido una reputación por sí mismo entre las familias.

Levana se puso a recorrer la sala de exhibición. No era grande, pero había mucho que ver. Repisas repletas de toallas bordadas, ropa de cama y cortinas. Bufandas de seda tan delicadas que parecían telarañas. Un molde lucía un corpiño estilo corsé que parecía haber sido confeccionado con fino hilo de plata y diminutas gemas brillantes; era una pieza de joyería al mismo tiempo que una prenda.

Luego vio una colcha colgada de una pared, suficientemente grande como para ocupar casi todo el muro. Fascinada al instante, Levana dio un paso atrás para admirarla.

Tierra. Y el espacio. Unidos por retazos de telas deshilachadas de diferentes tamaños y formas, los bordes permanecían sin terminar donde se habían cosido las piezas. Brillantes verdes botella y cafés claros de textura agreste, centelleantes azules del tono del océano y negros carbón aterciopelados; todo estaba unido con hilo de oro. Cada segmento de la colcha estaba bordado con extravagantes diseños de hiedra y flores, elaboradas volutas y espirales y conjuntos estelares brillantes, y aunque podría haber parecido que el conjunto sería caótico y excesivo, la consistencia del hilo de oro le daba solidez a la pieza. La hacía lucir preciosa e incluso serena. Levana sabía muy poco acerca de la hechura de colchas o de bordado, pero de acuerdo con su instinto, podía decir que hasta la puntada más pequeña se había hecho a mano.

—Hola.

Levana se atragantó y verificó, primero, que su encanto no se hubiera disipado a causa de su distracción, antes de dar media vuelta.

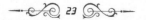

Solstice Hayle estaba en el umbral que daba a la habitación del fondo, con una sonrisa en los labios y un aro para bordar con un lienzo blanco de algodón en la mano. Había asegurado en una esquina la aguja ensartada con una hebra de color granate.

—¿Puedo ayudarla?

Se veía como la personificación de la bondad, de un modo que instantáneamente puso a Levana a la defensiva.

—Sí, Yo... —vaciló, olvidando por un momento a qué había ido. ¿Qué la había impulsado a venir a ese taller y ver a esa hermosa mujer y su enorme vientre y todos los atuendos preciosos que elaboraba con sus hábiles dedos?

Tragó saliva para alejar su creciente inquietud. Recordó que *ella* también era hermosa, al menos mientras mantuviera el encanto. Recordó que *ella* era una princesa.

—Necesito algo para mañana —respondió—. Algo que usar en la coronación.

Solstice asintió.

—Por supuesto. Me temo que cualquier cosa completamente nueva elaborada para la ocasión tendría que ser hecha deprisa, lo cual trato de evitar. Pero quizá podamos hallar algo que le guste aquí, en la sala de exhibición, y modificarlo para que se adecue a su gusto —dejó a un lado el aro de bordar y apoyó la mano sobre su vientre mientras avanzaba balanceándose por la habitación—. ¿Buscaba un vestido? ¿O quizás algunos accesorios?

—¿Acaso tiene guantes? —preguntó Levana, tras pensarlo un momento.

Aunque ya tenía muchos, no era necesario hacer los guantes a medida. Y le gustaba usarlos. Eran perfectos para despreocuparse de una cosa más que ocultar mediante el encanto.

—Oh, sí: tengo una estupenda variedad de guantes.

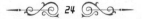

Apoyándose con una mano en la orilla de un aparador de madera, Solstice se inclinó para abrir una de las gavetas de más abajo. Estaba llena de guantes para dama, cada uno doblado cuidadosamente sobre una hoja de papel de seda.

—¿Sumará algún encanto para la ocasión?

Levana se puso tensa.

—¿A qué se refiere?

Solstice alzó la vista, sorprendida, y Levana contuvo el aliento; notó que las palmas le sudaban. De pronto se sintió *enojada*. Enojada con aquella mujer que era bonita sin esforzarse. Enojada porque esa noche ella dormiría junto a su devoto esposo. Porque pronto sostendría a un arrugado bebé llorón en sus brazos y ese niño jamás se preguntaría si había sido deseado o si sus padres se amaban.

Levana nunca había obtenido con facilidad nada de lo que había querido.

Solstice debió notar la oscuridad agazapada en sus ojos. Se irguió, y su expresión mostró las primeras señales de precaución. Respiraba con más pesadez que antes, como si el pequeño movimiento de abrir la gaveta la hubiera dejado exhausta, y había una gota de sudor sobre su labio superior. En verdad era una cosita frágil, ¿o no?

Y sin embargo, su sonrisa gentil jamás desapareció.

—Solo me refería a que si ha decidido sumar un encanto, podemos elegir un color que complemente el tono de piel que haya escogido. O bien, si ya determinó qué vestido llevará, podemos coordinar ambos.

Tratando de aplacar la envidia que se había acumulado en su pecho, Levana bajó la vista a sus manos. A los largos y esbeltos dedos con una piel impecable que en realidad no eran suyos.

Humedeciéndose los labios, se encontró de nuevo con la mirada de Solstice.

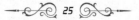

–¿Qué elegiría para usted?

Solstice inclinó la cabeza a un lado, lo cual le recordó el movimiento que hacían los pajarillos del aviario del palacio cuando oían un sonido que no les era familiar y lo confundían con el de un depredador.

Solstice volvió su atención a la gaveta de los guantes.

–Bueno… –comenzó a decir, insegura–. Yo siempre me he sentido atraída por las tonalidades de las gemas.

Agachándose de nuevo, retiró un par de capas de papel y tomó un par de guantes de seda de un intenso azul zafiro. Aunque los guantes no tenían ningún adorno, el borde inferior estaba rodeado por una cadenita de oro que terminaba en un diminuto cierre metálico. Levana calculó que le llegarían casi a los hombros. Solstice sostuvo los guantes contra la muñeca de Levana, mostrándole el contraste con su piel aceituna.

–¿Qué le parece?

Apretando los labios, Levana recorrió el cierre de oro con el pulgar y preguntó:

–¿Para qué son estos?

–Es parte de un nuevo diseño en el que he estado trabajando. Están pensados para formar un conjunto. Mire, van con este collar… –condujo a Levana hacia un mostrador de joyería donde había cadenas, cuentas y broches, y señaló un collar dorado. Al principio Levana asumió que estaba hecho de metal, pero cuando lo tomó en sus manos se dio cuenta de que era un hilo de oro hilado estrechamente, trenzado en un diseño intrincado y muy flexible. Otros dos cierres estaban sujetos a cada lado del collar. Sol continuó–: Tengo pequeñas cadenas de filigrana que lo conectan a los guantes, ¿lo ve?

Levana veía. Era precioso y original, dos cualidades que siempre eran admiradas en el estilo de la corte, pero no estridente, como a

menudo le parecían a Levana muchas de las prendas que estaban de moda.

Deslizó los dedos sobre los hilos trenzados y se imaginó luciéndolo en el cuello. Qué majestuosa se veía. Cómo acentuaría su garganta y sus clavículas, cómo la seda azul profundo se veía tan espectacular en contraste con su piel color miel y su cabello caoba.

Solo entonces cayó en la cuenta de que, en su fantasía, se veía como Solstice Hayle.

Dejó el collar y Solstice señaló el aparador con un gesto.

—¿Le gustaría ver los otros guantes?

—No —dijo Levana—. Llevaré estos, y también el collar.

—Oh… ¡estupendo! ¿Querría…? ¿Quiere llevárselos hoy, o los prefiere personalizados?

—¿Personalizados?

Solstice asintió.

—Esa es mi especialidad: las pequeñas ornamentaciones que, me gusta pensar, distinguen a mi taller del resto de las costureras de Artemisa. Si hubiera un diseño en particular que quisiera bordado en los guantes, debería poder tenerlos listos mañana temprano. A algunos de mis clientes les gusta que tengan su flor favorita, o sus iniciales…

Levana observó la colcha de la Tierra colgada en la pared.

—Usted hizo eso, ¿verdad?

—Sí, así es —Solstice se rio, y su risa resultó sorprendentemente atolondrada, como la de un niño—. Aunque me tomó mucho más tiempo que una sola tarde. ¿Le gusta?

Levana frunció el ceño. Le gustaba, muchísimo. Pero no quería decirlo.

—Puede bordarme los guantes —dijo—. Quiero que el diseño sea algo extravagante, como lo que hizo en esa colcha. Quizá con una L incluida, pero nada que resulte demasiado obvio.

—¿Una *L*? Como Luna —había vuelto a sonreír, tan cálida como siempre—. Será un placer. ¿Se los envío en la mañana?

—Sí —Levana hizo una pausa, antes de enderezar los hombros—. Haga que los envíen al palacio. Diríjalos a la princesa Levana y yo le haré saber a los mayordomos que estoy esperando una entrega. Ellos se encargarán de que se le pague.

La sonrisa de Solstice se congeló, sus ojos atrapados entre la sorpresa y el pánico. Levana conocía bien aquella mirada, la mirada de cuando alguno de los sirvientes del palacio se daba cuenta de que había estado en presencia de la realeza y su mente divagaba tratando de recordar si había dicho o hecho algo que ameritara castigo.

Recuperando el aplomo, Solstice hizo media reverencia, apoyándose en el aparador para conservar el equilibrio.

—Lamento no haberla reconocido, Su Alteza. Es un honor increíble estar a su servicio.

Exaltada por la conciencia de su poder sobre aquella mujer insignificante y su insignificante taller, reafirmada por la idea de que, en efecto, era un honor servirle, Levana sintió la tentación de demostrar su autoridad. Se imaginó exigiendo que Solstice se arrodillara ante ella, sabiendo que en su estado no le sería fácil. O amenazando la reputación de su negocio si acaso quedaba descontenta con los guantes cuando estos llegaran. O sugiriendo que Solstice le entregara la maravillosa colcha de la Tierra como un tributo real o como señal de gratitud, y verla debatirse para renunciar a algo que era claro que tenía un gran valor, para ella y para su sustento.

Pero Levana ahogó las fantasías antes de que su lengua pudiera traicionarla.

Con toda seguridad, Solstice se lo diría a su esposo, y entonces Evret Hayle jamás volvería a referirse a Levana como *Su encantadora Alteza*.

Tragó saliva con dificultad y se forzó a sonreír por primera vez desde que había entrado en la tienda. Quizá por eso había venido: para que Solstice le contara a su esposo sobre la inesperada visita de la princesa, y que Levana incluso llevaría uno de sus diseños para la coronación. El corazón de Levana se enterneció al pensar que Evret sabría cuán generosa era la princesa. Quería que pensara en ella, aunque fuera solo por un momento. Quería que la admirara.

Así que mintió.

—El honor será mío por poder usar una pieza tan exquisita. Entiendo por qué sir Hayle se ha deshecho en tantos elogios.

Solstice se ruborizó, plena de felicidad de mujer enamorada, y Levana se fue rápido, antes de que su propia bilis empezara a quemarle la garganta.

A LA MAÑANA SIGUIENTE, EL DÍA DE LA CORONACIÓN DE CHANNARY, parecía que toda Luna hubiera recibido permiso para fingir que los asesinatos jamás habían ocurrido, que el recuerdo del rey Marrok y la reina Jannali viviría apaciblemente para siempre en sus libros de historia, y que la joven Channary llegaría a ser una gobernante recta y justa. Levana no estaba segura de cuánta gente lo creía, y sin duda aquellos que lo hacían no conocían a su hermana, pero nadie cuestionó el derecho de Channary al trono, ni siquiera ella. Al fin y al cabo ellas eran las únicas herederas conocidas de Blackburn, aquel ancestro lejano que había sido el primero en nacer con el don lunar. Como hija mayor de la casa real, Channary sería reina, y su hijo o hija gobernarían después, y luego la generación siguiente. Así era como se había ido pasando la corona desde el día en que Luna se

convirtió en una monarquía, desde el día en que Cyprus Blackburn creó su propio trono.

Levana no sería quien trastocara esos valores ahora, sin importar cuánto le fastidiara saber que la estúpida e inútil de Channary pasaría más tiempo abanicando a los sirvientes guapos con sus pestañas que discutiendo las dificultades económicas que enfrentaba el reino.

Pero Levana solo tenía quince años de edad, como con frecuencia le recordaban, así que, ¿qué podía saber ella?

Nada en absoluto, es lo que dirían Channary o cualquiera de los taumaturgos que se preparaban para jurarle lealtad. Parecían tender a ignorar las leyes, las cuales decían que la realeza lunar podía gobernar desde la corta edad de trece años, con o sin la asesoría de un consejero.

Levana permaneció de pie en el balcón del tercer nivel, mirando hacia abajo, al gran salón donde se había llevado a cabo el funeral, donde su hermana había sollozado hasta que apenas podía respirar y luego se desmayó, o fingió desmayarse, y Evret Hayle –como si no hubiera otros guardias–, quien se encontraba cerca cuando eso sucedió, se la había llevado en brazos. Donde la habían dejado sola para que hiciera lo que pudiera y saliera adelante con un discurso improvisado lleno de mentiras y lágrimas falsas.

Los grises habían desaparecido, sustituidos por los colores oficiales de Luna, blanco, rojo y negro. Un gigantesco tapiz colgaba en el muro, detrás del estrado, representando la insignia de Luna con hilos brillantes tejidos a mano, un diseño que se había originado en el tiempo en que Luna era una república. Representaba a Luna y la ciudad capital, Artemisa, en el fondo, con la Tierra –que alguna vez fue su aliada– a la distancia. Era una pieza monumental, pero a Levana le resultaba imposible no pensar que habría resultado más impresionante si la hubieran elaborado los dedos de Solstice Hayle.

Aunque incontables sirvientes se afanaban en los preparativos para la ceremonia y sin duda a su hermana la estaban vistiendo en aquel momento, Levana disfrutaba la tranquilidad temporal del salón vacío.

Había escogido un sencillo vestido azul zafiro para hacer juego con los guantes que le entregaron en sus aposentos aquella mañana. Llegaron en una caja blanca, envueltos en un crujiente papel de seda y acompañados de una notita de Solstice que Levana desechó sin leer.

Los guantes eran incluso más bonitos a la luz del día que entraba por las ventanas del palacio, y el bordado era más delicado y exquisito que lo que había imaginado. Los hilos comenzaban trazando *eles* muy ornamentadas colocadas discretamente en las palmas, antes de enroscarse alrededor de los antebrazos y ascender por los codos, como enredaderas vivas que se confundían a la perfección con las cadenas que continuaban hacia el cuello.

Parada ahí, casi se sentía una reina, y no podía mantener alejada la fantasía de que ella era quien sería coronada aquel día. Todavía no había decidido un encanto aceptable para la ocasión, así que en aquel momento se transformó en su hermana. Veintidós años, madura y elegante, con esos ojos siempre sonrientes.

Pero no. No quería ser Channary. No quería su belleza, no si venía acompañada de su crueldad y su egoísmo.

No había terminado de pensar en ello cuando otra mujer se abrió paso entre sus reflexiones.

—*Su Alteza, me parece que usted no conoce a mi esposa.*

Experimentar con el encanto de Solstice Hayle le pareció algo prohibido y reprobable, pero extrañamente lo percibía como algo *bueno* dentro de lo malo que era.

Levana pensó en su complexión perfecta y los mechones de cabello oscuro envolviendo sus hombros; en sus ojos almendrados y la

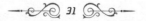

manera en que sus labios tenían apenas un toque de color, como si acabaran de recibir un beso, aunque la idea de que el enrojecimiento fuera causado por un beso muy probablemente era solo producto de la envidia de Levana. Pensó en las gruesas y coquetas pestañas de Solstice, y en cómo había parecido que resplandecía de felicidad, incluso en aquella mañana de luto. Pensó en el vientre de Solstice, rollizo y redondo por la promesa de un hijo.

El hijo de Evret.

Levana colocó una mano sobre su propio vientre, incorporando el embarazo al encanto. ¿Qué se sentiría tener una criatura viva creciendo en su interior? Un hijo producto del amor, no de la conveniencia política o la manipulación.

—Levana, ¿ya estás lis...?

Sobresaltándose, Levana se volvió mientras Channary llegaba a la parte superior de la escalera. Su hermana la vio y se interrumpió.

—Oh, no estás...

Pero Channary vaciló y sus ojos se entrecerraron. Era una expresión que Levana había visto miles de veces. Sin importar cuánta seguridad fuera ganando con sus encantos, su hermana siempre lograba ver a través de ellos. Nunca explicó qué era lo que Levana dejaba traslucir, si era la forma en que seguía siendo ella misma, una expresión particular o alguna otra pista, como el tic del jugador. Pero Channary tenía la habilidad para descubrirla.

Sintiendo que Channary aún no había reflexionado acerca de lo que podría estar haciendo una mujer embarazada deambulando por el balcón superior del gran salón, Levana se inclinó en una humilde reverencia.

—Le ruego me perdone, Su Alteza —dijo con su voz más sumisa—. No debería estar aquí. Solo estaba esperando a que mi esposo saliera de servicio y pensé que podría subir a admirar la decoración

–creyendo que ya había dicho más de lo que una costurera de verdad habría comentado, Levana se inclinó de nuevo–: ¿Me permite retirarme, Su Alteza?

–Sí –respondió Channary, aún dudando–, y no quiero volver a encontrarla aquí arriba. Este no es un sitio de diversión para los desesperadamente aburridos. Si necesita algo útil en qué ocupar su tiempo mientras está… –señaló el vientre de Levana con un ademán– reproduciéndose, estoy segura de que la doncella de mi dama de compañía podrá encontrar algo que usted pueda hacer. No habrá ociosidad durante mi reinado, ni siquiera para mujeres en su estado.

–Por supuesto, Su Alteza –manteniendo la cabeza inclinada, Levana rodeó a su hermana y se apresuró hacia la escalera.

–Una cosa más –Levana se petrificó, apenas tres escalones más abajo de donde Channary permanecía de pie, sin atreverse a mirarla a los ojos–. Usted es la esposa de sir Hayle, ¿cierto?

–Sí, Su Alteza.

Escuchó un paso suave, y otro, conforme Channary descendía hasta quedar solo un escalón arriba de ella. Levana sintió curiosidad y se atrevió a alzar la vista, pero lo lamentó en el momento en que vio la sonrisa burlona de Channary.

–Dígale que disfruté mucho el tiempo que pasamos juntos después del funeral –expresó, pronunciando las palabras con voz cantarina, como un arroyo borboteando sobre piedras pulidas–. Fue tan *reconfortante*… Y que espero que pronto podamos volver a gozar mutuamente de nuestra compañía –se pasó la lengua por la comisura de la boca mientras admiraba el bulto del falso embarazo–. Es usted una mujer *muy* afortunada, señora Hayle.

Levana dejó caer la mandíbula mientras el horror y la indignación llenaban su cabeza tan rápido que la sangre caliente tiñó su rostro.

–¡Mientes!

De inmediato la mirada insinuante de Channary se transformó en arrogancia.

—¡Sí, eres tú! —dijo, riendo complacida—. En el nombre de Luna, ¿qué haces personificando a la esposa de un guardia? ¡Y para colmo a una embarazada!

Con los puños apretados, Levana dio media vuelta y siguió bajando los escalones.

—¡Solo estoy practicando! —gritó por encima del hombro.

—¿Practicando tu encanto? —preguntó Channary, siguiéndola con calma—. ¿O practicando para una vida de soledad eterna? Debes saber que no vas a llamar la atención de nadie en la corte practicando por ahí como una pobre mujer embarazada. Pero… ¡claro! —fingiendo ahogar un grito, Channary se tapó la boca con una mano—. ¿Acaso esperas que el propio sir Hayle te vea así? ¿Fantaseas con que él te confunda con su amada? ¿Con arrojarte en sus brazos, besarlo sin aliento y quizás incluso… *repetir* el acto que te dejó en tu estado actual?

A pesar de la vergüenza, Levana mantuvo un firme control sobre el encanto de Solstice Hayle, en parte por principios. Channary pensaba que si molestaba suficiente a Levana podía controlar sus decisiones, y se negó a permitir que así fuera.

—Basta —dijo entre dientes al llegar al primer descanso. Rodeó una columna ornamentada para continuar descendiendo hacia la planta baja, con la mano apoyada en el vientre como haría una mujer embarazada de verdad—. Solo estás celosa porque nunca has tenido nada de originalidad con tu…

Se quedó petrificada a media escalinata.

Dos guardias se mantenían en posición de firmes en el rellano de la escalera.

Uno de ellos era Evret Hayle.

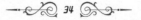

Un escalofrío la recorrió entera, desde su útero vacío hasta el pecho, y descendió hasta las puntas de sus dedos enguantados.

A pesar de todo su entrenamiento, a Evret le estaba costando trabajo mantener la expresión estoica y desinteresada. Echó un vistazo a Levana (Solstice) e hizo un gran, gran esfuerzo por verse profesional, pero estaba confundido y contrariado.

–¿S-Solstice? –balbuceó con el ceño fruncido mientras recorría con la mirada el hermoso vestido que se tensaba sobre su vientre, y los guantes primorosamente bordados en los que sin duda había visto a su mujer trabajando la tarde anterior–. Se supone que deberías estar descansando. ¿Qué haces aquí?

Levana tragó saliva y deseó y deseó y deseó ser su amada de verdad.

–Ups –dijo Channary–. Supongo que debí decirte que él estaba aquí abajo. Se me borró de la mente –bajó con indiferencia los escalones que faltaban hasta que llegó a donde estaba Levana y le puso una mano en el hombro–. No te preocupes, tontuelo. Esta es mi hermanita, solo que está fingiendo ser tu esposa –bajó la voz hasta convertirla en un susurro exagerado–; aquí entre nosotros, me parece que podría estar un poquito enamorada de ti. ¿No es verdad, querida?

Levana sintió un sollozo que ascendía por su garganta clavándole las garras, y supo que se le escaparía si permanecía en aquel lugar por un instante más. Trató de determinar cuál era la peor parte de ese momento: que Evret la hubiera visto personificando a su esposa, o que podría haber escuchado las acusaciones de Channary.

Decidió que todo era mortificante. Decidió que habría preferido que la apuñalaran dieciséis veces en el pecho que tener que pasar por esta insoportable humillación.

Dándole un empujón a Channary, se tapó el rostro –su hermoso, impecable y amado rostro– y huyó del pasillo. Corrió lo más rápido que pudo, ignorando a los guardias de seguridad que se apresuraron a seguirla, ignorando a los sirvientes que se replegaban hacia las paredes para apartarse de su camino.

Comenzó a arrancarse los guantes en el instante en que atravesó las puertas de sus habitaciones privadas. Una de las cadenas se rompió. El dobladillo del otro guante se descosió. Desabrochó con violencia el collar de oro trenzado, casi ahogándose por la necesidad de deshacerse de él.

Continuó con el vestido, y no le importó estar haciéndolo trizas. *Quería* arruinarlo. Pronto el vestido y los guantes quedaron convertidos en una bola compacta arrojada a un rincón del vestidor. Sabía que jamás volvería a ponérselos.

Qué estúpida era. Muy, muy estúpida.

Por pensar siquiera que podía ser admirada. Por pensar siquiera que podía ser bella, o adorada o distinguida. Por pensar siquiera que podía ser alguien.

LEVANA ASISTIÓ A LA CEREMONIA DE CORONACIÓN VESTIDA DE BLANCO de la cabeza a los pies, bajo la apariencia de una princesa con el cabello del color de la cera y la piel tan pálida que casi parecía invisible. Su desvaído encanto ocultaba el rastro de las lágrimas.

Se sentó en la primera fila y alabó a su hermana cuando el resto de los lunares ahí reunidos la alabó, se arrodilló cuando el resto de Luna se arrodilló, y bajó la cabeza junto con todos los demás. Se negó a mirar a Channary, ni siquiera cuando le colocaron la corona sobre la cabeza ni cuando tomó el cetro en la mano ni cuando le acomodaron la magnífica capa blanca sobre sus hombros. Ni cuando

bebió la sangre de su gente de un cáliz dorado o cuando se cortó la punta de un dedo y dejó que su propia sangre salpicara un ornamentado tazón de mármol o cuando pronunció los votos que, lo sabía, Channary nunca se tomaría en serio.

Tampoco miró a Evret, aunque él estaba en servicio y permaneció directamente en su campo visual durante todo el protocolo.

Levana era una estatua. Una chica modelada con polvo y regolito.

Odiaba a su hermana, ahora su reina. Su hermana no se merecía el trono. Desperdiciaría cada oportunidad que tuviera de ser una gran monarca. De incrementar el potencial económico de Luna. De continuar la investigación y los avances tecnológicos que sus padres habían comenzado. De hacer de Artemisa la ciudad más bella y codiciada de la galaxia.

Su hermana no se merecía ese cetro. Esa capa. Esa corona.

No se merecía nada.

Pero lo tendría todo. Ella y Solstice Hayle y todas las familias de la corte tendrían todo lo que quisieran.

Solo Levana –demasiado joven y fea como para ser tomada en cuenta– continuaría viviendo a la sombra de su hermana hasta que se desvaneciera y todo el mundo olvidara incluso que alguna vez había estado ahí.

CUMPLIÓ DIECISÉIS DOS SEMANAS DESPUÉS. LA NACIÓN LO CELEBRÓ, pero después de la fiesta de una semana que siguió a la coronación, el cumpleaños pareció disolverse en solo un día más de aventuras de la realeza. Se contrató a un ilusionista para que actuara en el festejo, y este sorprendió a las familias de la corte con trucos de magia y

prestidigitación; los convidados estaban más que deseosos de dejarse llevar por su imaginación.

Levana asistió a la celebración de su propio cumpleaños como la chica pálida, casi invisible. Se sentó a la cabecera de la mesa junto a su bella hermana y fingió no enterarse de que el ilusionista convirtió un mantel en un león y el pañuelo de una dama en un conejo, y la multitud lo ovacionó y lanzó gritos de asombro mientras se cruzaban apuestas joviales cuando el león persiguió al conejo bajo las mesas y entre los tobillos. Luego el supuesto conejo saltó al regazo de la reina, quien soltó una risita, y al ir a acariciar las largas y suaves orejas, la criatura se desvaneció. El pañuelo, que aún estaba en la mano del ilusionista, era solo un pañuelo.

El león hizo una reverencia ante la reina antes de desaparecer también. Un mantel intocado en uno de los salones del banquete.

La multitud estaba exultante, riendo y aplaudiendo.

A nadie parecía importarle que todas las ilusiones se hubieran dedicado a la reina y no a la chica del cumpleaños.

Luego de una serie de elaboradas reverencias, el ilusionista tomó una larga vela de una de las mesas y la apagó de un soplido. La multitud guardó silencio. Levana sintió que ella era la única persona que no se inclinaba hacia adelante, llena de curiosidad.

El ilusionista permitió que el humo negro ascendiera de manera natural, en volutas, antes de transformarlo en las siluetas entrelazadas de unos amantes. Dos cuerpos desnudos retorciéndose uno contra el otro.

El espectáculo libidinoso recibió una oleada de risotadas de las familias y sonrisas coquetas de parte de la reina.

No era difícil anticipar quién calentaría el lecho de su hermana aquella noche.

Por su parte, Levana podía sentir el calor ardiendo en sus mejillas, aunque ocultó su mortificación bajo el encanto del rostro pálido. No

es que aquel entretenimiento no fuera impactante, pero mientras la ilusión persistía, ella podía sentir la presencia de Evret en el salón como una fuerza gravitacional. La idea de que estaba viendo el mismo espectáculo sugerente, escuchando las mismas risas escandalosas, posiblemente pensando en sus propias relaciones con su esposa, hacía que Levana se sintiera tan patética e insignificante como una migaja de su propio pastel.

No había hablado con Evret desde que él había presenciado su personificación de Solstice, lo cual no era del todo inusual: solo en el funeral habían cruzado más palabras que en todo el tiempo que llevaban de conocerse. Pero no podía ahuyentar la sospecha de que él la estaba evitando, quizá tanto como ella lo evitaba a él.

Levana asumió que debía sentirse mortificado todavía, tanto por su encanto como por las acusaciones de Channary. Pero no podía evitar la fantasía de que tal vez también se sentía halagado. Quizás había comenzado a notar cómo su corazón palpitaba ultrarrápido cuando la veía. Quizá se estaba arrepintiendo de haberse casado o se estaba dando cuenta de que el matrimonio era una convención ridícula, tal como opinaban muchas familias de la corte, y que él la amaba… siempre la había amado, pero ahora no sabía qué hacer con esas emociones.

Era una fantasía muy compleja, que con frecuencia la dejaba incluso más deprimida que antes.

La farsa del humo se desvaneció entre grandes aclamaciones, y el ilusionista aún no había concluido su reverencia, cuando todas las llamas de las velas de la mesa principal explotaron.

Levana gritó y se echó hacia atrás tan rápido que su silla se estrelló en el suelo, arrastrándola con ella. Aunque las llamas continuaban rugiendo por encima de su cabeza, brillantes y trémulas, luego de un momento aterrador se dio cuenta de que de ellas no

se desprendía calor. No hubo ni agitación amenazante del fuego ni olor a carne chamuscada.

Nadie más había gritado.

Nadie más había tratado de huir.

Y ahora todo el mundo reía.

Temblando, Levana aceptó la mano de uno de los guardias reales; solo ellos no mostraban su júbilo. Le enderezaron la silla y, avergonzada, volvió a sentarse.

Las llamas continuaron ardiendo, cada una de ellas como una persona alta, y a medida que el terror disminuía, Levana pudo discernir que se trataba solo de otra ilusión. Elevándose sobre la mesa llena de copas de vino y platos a medio consumir, había una hilera de ardientes bailarines que hacían arabescos y saltaban de vela en vela.

Channary reía más alto que todos los demás.

—¿Qué sucede, hermanita? *Ven aquí, hermanita.* No es posible que te asuste un simple truquito. *Quiero mostrarte algo.*

Levana se dio cuenta de que no podía responder. Su corazón aún cabalgaba desbocado, y su mirada recelosa todavía estaba fija en los bailarines de fuego. Aunque se tratara únicamente de un truco mental creado por medio de la manipulación de su propia bioelectricidad, su existencia hacía imposible que se relajara. No podía apartar la atención de ellos. Eso estaba bien: no quería ver las expresiones burlonas a su alrededor. Escuchar las risas ya era bastante malo.

Solo se sintió agradecida de tener suficiente práctica con el encanto de la chica invisible como para no haber perdido el control.

—¿La princesa le teme al fuego? —preguntó el ilusionista. Aunque no suspendió la ilusión, los bailarines dejaron de saltar y se pusieron a oscilar suavemente sobre cada vela—. Me disculpo, Su Alteza. No lo sabía.

—No se preocupe por ella —dijo Channary, extendiendo la mano hacia uno de los bailarines—. No podemos permitir que sus miedos infantiles nos arruinen la diversión.

—Ah, tenga cuidado, Su Majestad. Bajo la superficie, el fuego sigue siendo muy real.

Para probarlo, el ilusionista hizo que el bailarín más cercano bajara de la vela y se dirigiera a la palma de Channary, dejando tras de sí la palpitante llama de verdad. De nuevo, la multitud soltó exclamaciones de placer, y de nuevo Levana quedó olvidada.

No se preocupe por ella.

Al fin y al cabo, solo era su cumpleaños. Esta simplemente era su fiesta.

El espectáculo concluyó con todos los bailarines convertidos en cohetes espaciales antiguos que ascendieron y luego estallaron en fuegos artificiales.

Una vez que la fascinada muchedumbre terminó de aplaudir, se sirvió el postre. Levana se quedó mirando el pastel de chocolate con la escultura de azúcar que se alzaba casi tanto como la longitud de un brazo por encima de su plato: una serie de delicadas volutas y filigranas. Parecía como si pudiera quebrarse con solo tocarla.

Levana no tomó su tenedor.

No tenía hambre. Su estómago seguía hecho un nudo por la explosión y el fuego. Podía sentir las palmas de sus manos sudando debajo del encanto, y esa era la clase de detalle que resultaba difícil ignorar y que podía debilitar la concentración de una persona. Ya había hecho el ridículo; no permitiría que, además, esta gente viera lo que había debajo de su encanto.

—Me voy a la cama —anunció, sin dirigirse a nadie en particular. Si alguien hubiera estado poniendo atención, si a alguien le hubiera importado, la habría escuchado. Pero nadie la oyó.

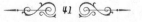

Le echó un vistazo a Channary, que había llamado al ilusionista a su mesa y le estaba dando un bocado del pastel de chocolate con su tenedor.

Levana se preguntó qué aspecto tendría el ilusionista debajo de su encanto. Ahora era guapo, pero bajo la superficie podría ser cualquiera.

Todos podrían ser cualquiera.

¿Por qué ella no podía ser cualquiera? ¿Por qué no podía ser la única persona que deseaba ser?

A lo mejor el problema era que nunca había estado segura de quién era esa persona.

Deslizó la silla hacia atrás disfrutando del intenso chirrido de las patas contra el suelo.

Nadie miró en dirección a ella.

No fue sino hasta que salió del salón y se encontraba sola en el corredor principal cuando alguien la detuvo.

—¿Su Alteza?

Se volvió y notó que un guardia la había seguido al corredor. Bueno, tres guardias, pero solo dos tenían la orden de seguirla a una distancia respetuosa y asegurarse de que no enfrentara ninguna amenaza en el camino a sus habitaciones.

Este tercer guardia le resultaba familiar, pero únicamente porque sabía que había servido bajo el reinado de sus padres por algunos años.

—¿Qué sucede?

Él hizo una reverencia.

—Disculpe mi intrusión, Alteza. Mi amigo, sir Evret Hayle, me pidió que le entregara esto, con sus mejores deseos por su cumpleaños.

Le tendió una cajita envuelta con un simple papel café.

Su corazón saltó, y ella descubrió que era incapaz de acercarse a tomar el regalo.

—¿Evret Hayle?

Él asintió.

Es una trampa, es una trampa, es una trampa. Su mente repetía la advertencia una y otra vez. Esto era algo que su hermana había preparado. Alguna broma cruel.

Pero de todas maneras su corazón aleteó. Su pulso hirvió y borboteó.

Se atrevió a echar un vistazo hacia atrás, hacia las gigantescas puertas del salón de banquetes. Evret estaba en su puesto en el extremo del salón, pero le sonreía con amabilidad. Mientras ella lo observaba, él se tocó el pecho con el puño. Un saludo respetuoso que bien podía no significar nada.

O que podía significar todo.

Era toda la confirmación que necesitaba.

—Gracias —dijo, tomando rápidamente la cajita.

El guardia hizo una reverencia y volvió a su puesto.

Levana echó mano de toda su fuerza de voluntad para no correr hacia sus habitaciones. Una doncella ya la estaba esperando para ayudarla a desvestirse y lavarse antes de meterse en la cama, pero la princesa la echó sin siquiera molestarse en pedirle que le desabrochara el vestido. Sentada ante su tocador sin espejo, se obligó a sí misma a hacer una pausa y recobrar el aliento, de modo que pudiera quitar el papel con la mayor delicadeza. Sus dedos temblaban mientras desataba el nudo y desdoblaba los pliegues.

La caja estaba llena de tiritas de más papel café y, descansando entre ellas como si estuviera en un nido, había un dije del planeta Tierra. Plata, tal vez, aunque estaba deslustrada y maltratada. Parecía muy antiguo.

También había una tarjeta, escrita a mano con una caligrafía realmente espantosa.

Su Alteza Real:

Espero que darle un regalo de cumpleaños no se interprete como un atrevimiento en mi posición, pero vi esto y pensé que podría gustarle. Que en este su decimoséptimo año solo tenga felicidad.

Su amigo y más fiel servidor,

Evret Hayle

Había agregado una nota al final, como si hubiera sido una idea tardía:

Mi esposa también le envía saludos afectuosos.

Antes de que supiera lo que hacía, Levana había arrancado la parte de debajo de la tarjeta, eliminando la mención de su esposa y rompiéndola en pedacitos. Luego alzó el dije de la caja y lo acunó contra su pecho, sonriendo, mientras releía las palabras de Evret una y otra vez. Interpretando. Diseccionando. Una y otra y otra vez.

—ME COMPLACE REPORTAR QUE NUESTRO EQUIPO DE INVESTIGACIÓN EN bioingeniería y desarrollo ha estado logrando grandes progresos en estos últimos meses —anunció el jefe de taumaturgos, Joshua Haddon, de pie ante el trono de la reina y la audiencia de aristócratas, con las

manos metidas en sus amplias mangas–. El doctor Darnel piensa que los últimos avances en la manipulación del pulso bioeléctrico tendrán como resultado la alteración exitosa de los instintos naturales. Con la aprobación de Su Majestad, el equipo pretende comenzar a hacer pruebas en sujetos lunares en el plazo de los próximos doce meses.

Channary se metió una flor de calabaza frita en la boca y sacudió la mano desdeñosamente en dirección al taumaturgo. Luego de tragar el bocado, se lamió la mantequilla de la punta de los dedos y dijo:

–Sí, está bien. Lo que sea que piensen.

–Entonces así se hará, reina mía –revisando su reporte, el taumaturgo Haddon continuó con el siguiente asunto, algo relacionado con un método para incrementar la productividad en los sectores textiles.

Levana quería saber más acerca de los soldados. Desde hacía años había oído hablar de que estaba en marcha el desarrollo de soldados mediante la bioingeniería. Era un programa que su padre había comenzado, hacía tal vez una década, y muchas de las familias lo desestimaban por tratarse de un concepto grotesco. ¿Crear un ejército basado no en su don lunar, sino en instintos animales? Ridículo, decían. Absurdo. Monstruoso.

Levana recordaba que a su padre le había gustado esa descripción. *Monstruoso* era precisamente lo que tenía intenciones de lograr, y la investigación comenzó por orden del rey. Aunque no vivió para ver que los esfuerzos rendían fruto, a Levana le intrigaba su fantasía.

Un ejército entero de criaturas mitad hombre mitad bestia. Soldados que poseían la inteligencia de los humanos, pero la percepción sensorial de depredadores salvajes. En una guerra no pelearían con los recursos predecibles, sino a partir de los instintos básicos de cazar y sobrevivir para aterrorizar, saquear y devorar a los enemigos.

La idea hizo que un escalofrío recorriera la espalda de Levana, y no de una manera desagradable. La tentación de controlar la clase

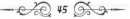

de poderío animal que tendrían esos soldados le hacía agua la boca. Con esa clase de poder podría acallar para siempre las burlas que la seguían por los corredores del palacio, los rumores sobre la patética y fea princesita.

—Bien, bien —dijo Channary con un bostezo, interrumpiendo al taumaturgo en la mitad de la frase—. Lo que usted opine está bien. ¿Ya casi terminamos?

Joshua Haddon no pareció para nada contrariado por la falta de interés de la reina en la política pública y el bienestar de su nación, aunque a Levana le exigió un gran esfuerzo no poner los ojos en blanco. A pesar de los pensamientos que en ocasiones la distraían, deseaba legítimamente saber qué estaba sucediendo en otros sectores. *Quería* escuchar las ideas de la corte para realizar mejoras. Quizá simplemente podían enviar a Channary a que tomara su siesta vespertina y permitirle a Levana que se encargara del resto.

Aunque todo el mundo se habría ahogado de la risa si se le hubiera ocurrido plantear semejante propuesta.

—Solo hay una cosa más que abordar, reina mía, antes de levantar la sesión —Channary suspiró—. Como estoy seguro de que está enterada, reina mía, nuestros gobernantes anteriores, que ojalá descansen en el lujo divino, estaban en proceso de desarrollar un arma bioquímica. Tenemos razones para pensar que podría ser muy efectiva en los esfuerzos de negociación con la Tierra, en especial dada nuestra relación antagónica y la posibilidad de que esta desemboque en violencia un día.

—¡Oh, estrellas en lo alto! —exclamó Channary con un gruñido de exasperación, dejando colgar la cabeza hacia atrás—. ¿Es necesaria toda esta introducción? Dilo ya, Joshua: ¿cuál es el asunto?

Los miembros de la corte rieron disimuladamente, ocultándose detrás de sus refinadas manos.

El taumaturgo Haddon se paró un poco más derecho.

–Uno de nuestros laboratorios creó una enfermedad contagiosa que, pensamos, podría ser fatal para los terrestres, aunque todavía no estamos en condiciones de probarlo. Puesto que nuestra relación con la Tierra se ha ido volviendo más hostil y podría continuar empeorando si no logramos crear una alianza y reinstaurar los acuerdos de libre comercio en la próxima década, el rey Marrok pensó que esta peste podría ser un medio para debilitar la oposición de la Tierra, tanto en lo que se refiere a población como en recursos.

–Y estoy segura de que mi padre estaba enteramente en lo correcto. Puede proceder con su… investigación. *Se levanta la sesión.*

–Debo solicitarle un momento más de su valioso tiempo, reina mía.

Bufando, Channary se dejó caer de nuevo en el asiento.

–¿Qué?

–Aún está pendiente el asunto del antídoto –como no ofreció ninguna explicación más, Channary se encogió de hombros, y Haddon se apresuró a continuar–: Por muy tentador que resulte liberar un día esta enfermedad en la Tierra sin preocuparse por las repercusiones, algunos estrategas, entre ellos yo mismo, pensamos que una advertencia más firme consistiría en hacer creer a la Tierra que la enfermedad es más bien un asunto del destino, incluso un castigo. Y que si entonces les ofreciéramos un antídoto para librarlos de la peste, ello podría ser un factor que asegurara que en el futuro cualquier discusión sobre una alianza se inclinara a nuestro favor.

–¿Usted quiere enfermarlos y luego curarlos? –preguntó Channary muy despacio y con voz cansada–. Esa es la táctica de guerra más estúpida que he escuchado.

–No, no lo es –acotó Levana. La atención de un centenar de miembros de la corte real se volvió hacia ella, junto con la repentinamente asesina mirada de su hermana, que la observaba desde su trono–. No tendrían que saber que la enfermedad provino de nosotros. Sería uno

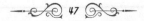

de los mejores tipos de contienda, la clase de contienda que nadie cree que lo sea. Podríamos debilitar a la Tierra sin siquiera arriesgarnos a una represalia –apartando su atención del taumaturgo, alzó la vista hacia Channary para descubrir que los ojos de su hermana destilaban veneno. Sin embargo, Levana no se amedrentó. Había visto una ventaja ahí donde Channary no había visto nada–. Después, una vez que estén demasiado desgastados como para representar una amenaza para nosotros en caso de que se declarara una guerra total, abrimos negociaciones pacíficas. Planteamos nuestras demandas y les ofrecemos aquello que desean más que nada: un antídoto para la enfermedad que los ha diezmado. Se verá como una auténtica muestra de buena voluntad, no solo porque habremos estado empleando nuestros propios recursos en desarrollarlo, sino porque además les ofreceremos producirlo y distribuirlo entre nuestros antiguos enemigos. ¿Cómo podrían negarse a nuestras demandas?

–Esa es precisamente la estrategia que sugerimos –dijo el taumaturgo Haddon–. La joven princesa la explicó con mucha claridad, gracias.

Pese a la amabilidad de sus palabras, algo en su tono hizo que Levana se sintiera reprendida, como si su presencia en estas reuniones fuera apenas tolerada, como de hecho lo era. Y ciertamente nadie la había invitado a *opinar*.

–Supongo que veo el potencial –dijo Channary, jugueteando con uno de sus rizos–. Puede continuar desarrollando el antídoto.

–Ese es precisamente el problema al que nos enfrentamos, Su Majestad.

–Bueno, por supuesto que hay un problema, ¿o no? –preguntó Channary alzando una ceja.

–Ya hemos encontrado la manera de desarrollar un antídoto; asimismo, su efectividad contra los microbios de la infección ha sido comprobada con éxito por medio de múltiples exámenes. Sin

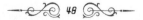

embargo, ese antídoto se sintetiza utilizando los glóbulos rojos de lunares que carecen del don.

—¿Vacíos?

—Sí, reina mía. Su constitución genética contiene los anticuerpos necesarios para la producción del antídoto. Desafortunadamente, se ha comprobado que resulta muy oneroso, tanto en lo económico como en lo que se refiere al tiempo, obtener muestras de sangre de vacíos, cuando su población ha sido relegada a los sectores externos y hasta el momento la duplicación artificial no ha tenido éxito.

—Bueno, ¿entonces por qué no los pone en jaulas como los animales que son? Diremos que se trata de una compensación por el asesinato de mis padres —un nuevo brillo destelló en los ojos de Channary—. De hecho, es genial. Informemos a todos de cuán peligrosos son los vacíos, y que la Corona cesará de mostrarles la indulgencia que se les ha brindado durante años. Podemos promulgar una nueva ley, si eso ayuda.

El taumaturgo Haddon asintió.

—Creo que es una decisión sabia, reina mía. Hasta hoy, la taumaturga Sybil Mira ha sido la embajadora de la corte ante el equipo de investigación bioquímica. Quizás ella sea una buena candidata para comenzar a delinear un procedimiento sobre la mejor manera de obtener muestras de sangre.

En la hilera de los taumaturgos, una mujer joven dio un paso al frente. Llevaba un abrigo granate con una franja de piel negra y brillante como el plumaje de un cuervo que caía por su espalda. Era bella, al estilo de todos los miembros del séquito de la reina, pero además había algo admirable en su porte. Una confianza en sí misma que resplandecía. Aunque su puesto estaba muy por debajo del jefe de taumaturgos, su postura y su ligera sonrisa parecían indicar que no creía estar demasiado por debajo de nadie.

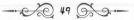

A Levana le gustó de inmediato.

–De acuerdo. Comisiono a la taumaturga… hummm…

–Sybil Mira, Su Majestad –dijo ella.

–… Mira como la representante oficial de la Corona ante… ay, no sé –Channary suspiró–: "Asuntos de los sin dones". Tiene usted mi permiso, por decreto real, para llevar a cabo lo que se requiera en pos del mejoramiento de… todos.

Los dedos de Channary danzaban caprichosamente en el aire mientras iba hilando las palabras, como si estuviera componiendo un poema que sonara lindo, más que emitiendo un decreto que podía afectar la vida de cientos de ciudadanos, o de miles, si se contabilizaba a sus familias.

De todas maneras, los taumaturgos se inclinaron respetuosamente cuando terminó y, por fin, la sesión se levantó. La audiencia se puso de pie al mismo tiempo que la reina, pero antes de salir, Channary posó su dulce sonrisa en Levana.

–Mi querida hermanita –canturreó. *Ven aquí, hermanita.* Levana se sobresaltó antes de poder recobrar la entereza, pero si Channary se dio cuenta, no lo manifestó–. Voy a una prueba con mi modista esta tarde. ¿Por qué no vienes conmigo? Te vendría bien tener algunos vestidos que no fueran tan… tristes.

Levana no necesitó mirar su vestido amarillo pálido para comprobar cómo el color se confundía con su piel pálida gracias al encanto, para saber a qué se refería Channary. Había perdido interés en que se percataran de su presencia. Que Channary fuera conocida por lo justa y alegre que era; la princesa Levana se ganaría el respeto de la corte siendo inteligente y capaz. Enfrentando las necesidades de su nación mientras la reina estaba demasiado ocupada retozando con sus múltiples pretendientes como para hacerse cargo.

–No tengo necesidad de un vestido nuevo, gracias, Su Majestad.

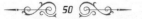

—Está bien, entonces; no te pruebes nada. Serás una excelente percha para los sombreros mientras yo me pruebo. Acompáñame.

Contuvo un gruñido; no quería llevar más lejos el intento de negarse ante su hermana.

Channary se le adelantó hacia la salida, y los taumaturgos y aristócratas inclinaron la cabeza. En la retaguardia de su hermana, Levana se imaginó que en realidad se inclinaban ante ella.

Mientras seguía a su hermana hacia el corredor del palacio, vio que Evret venía hacia ellas. Su corazón se aceleró, pero el joven ni siquiera la miró; simplemente se detuvo y saludó a la reina mientras pasaba, con un puño sobre su pecho. Levana trató de hallar su mirada, pero el fijó la vista en la pared, por encima de su cabeza, inexpresivo como una estatua.

Solo cuando echó un vistazo hacia atrás luego de unos cuantos pasos, se dio cuenta de que había acudido al cambio de turno con uno de los otros guardias. El cambio de guardia fue rápido y eficiente, como la maquinaria de un reloj bien aceitada. Tragando saliva, Levana volvió a mirar al frente, no fuera a ser que chocara con una pared. Aquella podría ser su oportunidad para agradecerle el dije, que en aquel momento llevaba puesto, oculto tras el cuello del vestido.

Alcanzaba a oír las botas de Evret entrechocando detrás de ella. Sentir su presencia atrayéndola hacia él. Percibió un cosquilleo en la nuca y se imaginó que él la estaba mirando. Admirando la curvatura de su cuello. Recorriendo su espalda con una mirada íntima.

Cuando llegaron al corredor principal del palacio y doblaron para subir hacia las habitaciones de Su Majestad en el piso superior, sus emociones estaban a flor de piel. A Channary no le gustaba usar los elevadores. Alguna vez le había dicho que se sentía majestuosa cuando debía recoger su falda para subir y bajar por las escaleras.

Levana había tenido que hacer un gran esfuerzo para contenerse de preguntarle si esa era también la razón de que se levantara la falda en todas esas otras ocasiones.

–¿Su Majestad?

Channary se detuvo y Levana trastabilló para frenar detrás de ella. Al volverse vio a una chica no mucho mayor que ella, vestida con sencilla ropa de trabajo. Se había quedado sin aliento y estaba sonrojada, mientras su cabello escapaba en mechones desordenados de un rodete flojo.

–Le ruego disculpe mi atrevimiento, reina mía –dijo la chica, jadeando. Se inclinó hasta apoyar una rodilla en el piso.

Disgustada, Channary hizo una mueca desdeñosa.

–¿Cómo te atreves a aproximarte a mí de manera tan informal? Haré que te azoten por tu falta de respeto.

La chica se estremeció.

–L-le ruego me disculpe –tartamudeó, como si no la hubiera escuchado la primera vez–. Me envió el doctor O'Connor de la unidad médica de AR-C con un mensaje urgente para…

–¿Acaso pregunté quién te envió? –dijo Channary– ¿Me oíste sugerir, de alguna manera, que me interesaba saber de dónde te habían enviado o si tenías un mensaje o de quién podría ser ese mensaje? No, porque no tengo tiempo de escuchar a cada persona que busca una audiencia conmigo. Hay un método para lograr que tu voz sea escuchada. Guardias, llévense a esta mujer.

–Pero… –balbuceó la chica, con los ojos abiertos de par en par.

–Oh, estrellas en lo alto; yo la atenderé –dijo Levana–. Tú ve a tu prueba, que claramente es más importante que escuchar el mensaje de una chica que se ha hecho trizas corriendo para llegar aquí.

–No te permito que me hables irrespetuosamente enfrente de uno de mis súbditos –gruñó Channary.

—No quise faltarte al respeto, reina mía. Es solo que pareces tener muchas cosas en tu agenda el día de hoy, así que, por favor, permíteme asistirte en tus deberes reales —Levana entrecruzó las manos y, con un gesto de asentimiento hacia la chica que permanecía apoyada en una rodilla, preguntó—: ¿Cuál es tu mensaje?

La muchacha tragó saliva.

—Es para uno de los guardias reales, Su Alteza, sir Evret Hayle. Su esposa ha entrado en labor de parto. Temen que… el doctor dice que… solicitan que vaya a verla enseguida.

Levana sintió como si una garra se hubiera cerrado alrededor de sus costillas, exprimiendo todo el aire de sus pulmones. Miró hacia atrás, a tiempo para ver cómo el horror se extendía por el rostro de Evret.

Pero entonces Channary se echó a reír.

—Qué pena. Sir Hayle acaba de comenzar su turno. Su esposa tendrá que esperar hasta que lo releven. Vamos, Levana —recogiendo su falda, comenzó a subir los escalones.

Evret miró a la chica —una enfermera, tal vez, o una asistente de alguna especie— y miró la espalda de la reina que se alejaba. Parecía adherido con cemento a su sitio en medio del corredor. Irse significaría desobedecer una orden directa de su soberana. Un acto de esa naturaleza lo señalaría como traidor, y ameritaría un castigo que Levana solo podía adivinar.

Pero su indecisión no menguó. Cuán desesperado debía estar como para atreverse a desafiar a la reina.

La curiosidad de Levana se había encendido. Nacían bebés todo el tiempo, y las complicaciones eran muy raras; sin embargo, Solstice le había parecido tan débil…

Levana ocultó el temblor de sus manos presionándolas contra su estómago.

—¿Hermana? —Channary se detuvo, casi al final de las escaleras—. Voy a la ciudad y necesito una escolta. Me llevaré a sir Hayle.

El rostro de su hermana tenía una expresión asesina cuando se volvió, pero Levana alzó el mentón y la miró fijamente. Sufriría las consecuencias más tarde, y sabía muy bien que habría consecuencias. Pero dudó de que Channary se arriesgara a ser desafiada en público por segunda vez, y de esa manera solo ella tendría la culpa. Evret solo estaría siguiendo órdenes. *Sus* órdenes.

El momento electrizante se extendió una eternidad. Levana aguardó mientras imaginaba que podía sentir el pulso aterrorizado de Evret latiendo en su interior, aunque se hallara a seis pasos de distancia.

—Bien —concedió Channary por fin con tono indiferente, y toda la tensión pareció evaporarse. Levana sabía que era un falso alivio—. Si acaso pasas por el Bulevar del Lago, ¿me traerías algunos pastelillos de manzana verde?

Con un latigazo de su cabellera, la reina dio media vuelta y continuó subiendo las escaleras.

Al sentirse extrañamente mareada, Levana se dio cuenta de que había estado conteniendo la respiración.

Solo cuando Channary se perdió de vista, Evret abandonó su posición de vigilancia.

—¿Mi esposa…? —dijo, con la voz, los hombros, los ojos cargados de emoción. Pasó junto a Levana y sujetó a la enfermera por los codos, haciendo que se incorporara. Estaba ansioso y aprensivo, casi como si hubiera estado esperando esto—. ¿Ella está…?

A la enfermera, que seguía muy pálida luego de su encuentro con la reina, le llevó un momento entender la pregunta, antes de que la compasión la hiciera fruncir el ceño.

—Tenemos que apresurarnos.

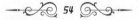

A LEVANA LA DEJARON EN UNA SALA DE ESPERA MIENTRAS LA ENFERMERA escoltó a Evret por el blanco pasillo esterilizado de la unidad médica. Los vio detenerse ante una puerta, y el rostro de Evret estaba tan desfigurado por la preocupación que Levana deseó poder rodearlo con sus brazos y dejar que toda su ansiedad se diluyera en ella. La enfermera abrió la puerta, y aun a la distancia Levana alcanzó a escuchar un alarido agudo antes de que Evret desapareciera en el interior y la puerta se cerrara detrás de él.

Su esposa estaba muriendo.

La enfermera no había dicho mucho, pero Levana sabía que así era. Era evidente que habían hecho que Evret se apresurara a venir porque esta sería su única oportunidad de despedirse, así como estaba claro que para él esto no era totalmente una sorpresa. Quizás había estado enferma. Quizás el embarazo había presentado complicaciones.

Levana se acordó de Solstice en el funeral. Se veía tan frágil como una vasija de porcelana. Y había preocupación en el rostro de Evret mientras avanzaban en la fila de la recepción.

Levana se puso a caminar de un lado de la habitación al otro. Una terminal holográfica adosada a la pared transmitía en silencio un drama en el cual todos los actores llevaban máscaras y disfraces elaborados, y giraban juntos en una danza elegante, ajenos a las sillas vacías de la sala de espera.

No salía del palacio a menudo, pero le pareció revigorizante estar en un lugar donde nadie reconocería el encanto que había estado usando desde la coronación: la chica invisible, la princesa desconocida. En cuanto a las enfermeras y los doctores, podría haber sido cualquiera. El centro médico no era muy grande; la enfermedad era

rara en Artemisa, así que básicamente la clínica servía para atender fracturas o ayudar a algunos pacientes ancianos a morir y, por supuesto, para dar a luz.

A pesar de que era pequeña, la clínica estaba muy concurrida y el personal se movía rápida y constantemente por los pasillos, emergiendo y desapareciendo por las incontables puertas. Pero Levana solo podía pensar en Evret y en lo que estaba sucediendo detrás de aquella puerta cerrada.

Su esposa se estaba muriendo.

Él se quedaría solo.

Levana sabía que no era correcto pensar de esa manera, pero no podía negar por completo la chispa que destellaba detrás de su esternón.

Era el destino.

Así debían ser las cosas.

Sus palabras amables en el funeral. Su mirada tímida en el festejo de su cumpleaños. El pequeño dije de la Tierra. *Su amigo y más fiel servidor.*

¿Había un significado oculto detrás de aquellas palabras, algo que no podría haber dicho antes? ¿Sería posible que él la quisiera tanto como ella lo quería a él?

Evret parecía del tipo que jamás incumpliría sus votos matrimoniales, sin importar cuánto deseara a otra. Y ahora no tendría que hacerlo. Podría ser suyo.

Solo de pensarlo, su cuerpo entero se estremeció de anticipación.

¿Cuánto tiempo esperaría para dar a conocer sus intenciones? ¿Cuánto tiempo lamentaría la pérdida de su esposa antes de otorgarse permiso para declarársele a Levana, su princesa?

La espera podía ser agónica. Tendría que dejarle saber que estaba bien que guardara luto y amara al mismo tiempo. Ella no lo juzgaría, no cuando estaba claro que estaban destinados el uno al otro.

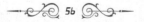

El destino se estaba llevando a su esposa. Era como si las estrellas mismas estuvieran bendiciendo su unión.

Al fondo del pasillo, la puerta se abrió.

Sin esperar invitación, Levana se apresuró hacia ella con la curiosidad y la preocupación pulsando en sus venas. Justo un instante antes de que se parara ante el umbral, un carrito salió por ahí y apenas si tuvo tiempo de pegar un salto hacia atrás para evitar que la esquina la golpeara en el estómago.

Pegándose a la pared, Levana vio que no era un carrito médico, sino uno que llevaba un pequeño tanque de animación suspendida. El bebé que se encontraba en la blanda superficie azul chillaba y se movía, agitando las manecitas y los deditos arrugados junto a su cabeza. Sus ojos aún no estaban abiertos.

Levana sintió el repentino y envolvente impulso de tocar al niño. De recorrer esos minúsculos nudillos con su dedo. De acariciar los cortos mechones de cabello negro que brotaban de aquella tierna cabeza.

Pero de pronto se había ido, conducido apresuradamente por el corredor.

Levana se volvió hacia la puerta. Mientras la hoja volvía a cerrarse, vio a Evret con su uniforme de guardia inclinado sobre su esposa. Una manta blanca. Sangre en las sábanas. Un sollozo.

La puerta se cerró.

El sonido del sollozo de Evret permaneció en los oídos de Levana, rebotando en el interior de su cráneo. Una y otra y otra vez.

TRANSCURRIÓ UNA HORA. ELLA CONTINUÓ AGUARDANDO EN LA SALA DE espera. Se fue aburriendo. Pasó una docena de veces ante la puerta

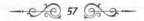

cerrada que la separaba de Evret, pero él no salió. Empezó a sentir hambre, y se dio cuenta de que lo único que habría tenido que hacer era decirle a alguna persona quién era y exigir que le trajeran algo de comer, y cualquiera en aquel edificio se habría desvivido por satisfacer sus deseos. Al cobrar conciencia de ello se le antojó menos, así que se obligó a ignorar los gruñidos de su estómago.

Finalmente se puso a deambular por los pasillos, pegándose a las paredes cuando pasaba gente concentrada y decidida. Encontró con bastante facilidad la nursery y se deslizó al interior para observar a los recién llegados a través de un panel de vidrio. Al otro lado había una enfermera que administraba medicamentos y revisaba signos vitales.

Encontró al hijo de Evret. Había una etiqueta impresa adherida en un costado del tanque.

```
HAYLE
3 DE ENERO 109 T.E. 12:27 E.G.T.
GÉNERO: F
PESO: 3,1 KG
TALLA: 48,7 CM
```

Así que había tenido una niñita. Su piel era oscura, como la de su padre; sus mejillas tan redondeadas y acariciables como las de un querubín y los mechones de pelo eran suficientemente largos como para encresparse como un halo alrededor de su cabeza, en especial ahora que ya la habían limpiado. Ya no se agitaba; solo estaba ahí, en absoluta paz, mientras su pequeño pecho subía y bajaba con cada respiración. Era increíblemente pequeña. Alarmantemente delicada.

Levana no había visto muchos bebés, pero podía imaginar que este era el más perfecto que hubiera nacido jamás.

La niñita era la única bebé en la nursery que no estaba envuelta en una simple manta azul. En cambio, el suave tejido de algodón había sido bordado a mano con una docena de tonos diferentes de blanco y dorado que creaban un paisaje rutilante alrededor de la diminuta figura de la niña. Al principio Levana pensó que recreaba la agreste y desolada superficie de Luna en el exterior de los biodomos, pero luego reparó en los negros troncos de árboles sin hojas y, en alguna parte más o menos a la altura de los tobillos de la bebé, unos austeros mitones rojos abandonados en la nieve, del tipo que Levana solo había visto en los cuentos infantiles. Era una escena de la Tierra, de una oscura y fría estación que Luna jamás había experimentado. Se preguntó qué habría llevado a Solstice a pensar en ello.

Porque aquella era evidentemente la obra de Solstice Hayle.

Ladeando la cabeza, Levana se permitió imaginar que aquel bebé era suyo. Que había sido ella quien había pasado incontables y amorosas horas creando aquella ilusión en la tela. Se preguntó qué se sentiría ser una madre orgullosa y exhausta, amante y devota, observando a la bebita que acababa de dar a luz.

Su encanto cambió casi sin que se diera cuenta. Solstice Hayle. Amada esposa. Madre fascinada. Esta vez, Levana mantuvo su vientre plano y su figura esbelta. Puso un dedo sobre el vidrio y trazó el contorno del rostro del bebé que se hallaba al otro lado de la ventana.

Luego vio una sombra. Su propia sombra en el vidrio. Su propio reflejo.

Levana se sobresaltó y el encanto se desintegró. Dio media vuelta y salió corriendo, cubriéndose la cara con las manos.

Le tomó un largo rato erradicar la imagen de sus pensamientos y recuperar el encanto de la piel pálida, la cabellera del color de la cera y los glaciales ojos azules.

—Puede verla desde aquí —dijo una voz desde el pasillo.

Levana alzó de inmediato la cabeza mientras conducían a Evret hacia el mirador. Se veía como si acabara de despertar de un sueño aterrador. Cuando sus ojos se posaron en ella, vio que tenía los párpados enrojecidos. Parpadeó varias veces, como si no pudiera verla o no pudiera ubicar de dónde la conocía.

Levana tragó saliva.

Luego, el reconocimiento se abrió paso en su mirada e inclinó la cabeza.

—Su Alteza. No me di cuenta de que usted continuaba aquí… —su mandíbula se movió algunas veces—. Pero, por supuesto, usted requiere una escolta. Yo… yo… lamento haberla dejado esperando.

—Para nada —respondió—. Pude haber solicitado…

Pero él ya no la estaba mirando. Su atención se había desviado hacia el panel de vidrio y se había posado en su bebita.

Una emoción insondable nubló su mirada al tiempo que apoyaba los dedos en el marco del panel.

Entre el corazón roto y la soledad, había amor. Tan abierto e intenso que Levana se quedó sin aliento.

Qué no habría dado por que la miraran así.

—Me dijeron que va a estar bien —murmuró.

Levana mantuvo su espalda contra el panel, temerosa de captar su reflejo y perder de nuevo el control sobre su encanto. Temerosa de que si Evret la veía como realmente era, no la quisiera más.

—Es preciosa —dijo ella.

—Es perfecta —murmuró él.

Levana se atrevió a mirar su perfil. Lo carnoso de sus labios, la curvatura de su ceño.

—Se parece a usted.

Tardó mucho tiempo en responder; se quedó observando a su niñita mientras Levana lo observaba a él, hasta que al fin dijo:

–Creo que tendrá algo de su madre cuando crezca –hizo una pausa y Levana vio el esfuerzo de la manzana de Adán en su garganta–. Su madre... –no pudo terminar. Se llevó las manos a la boca, con los dedos entrelazados–. Daría cualquier cosa... –apoyó la frente contra el vidrio–. Crecerá sin una madre. Eso no está bien.

Levana sintió que su corazón se estiraba, como si tratara de alcanzarlo, intentando desesperadamente conectarse.

–No diga eso –susurró, colocando una mano vacilante sobre el brazo de Evret, y se sintió aliviada cuando él no lo retiró–. Estas cosas suceden por una razón, ¿no es así? Mire la hija que le dio. Ella cumplió su propósito.

Se dio cuenta de la crueldad de su declaración en el momento mismo en que Evret dio un respingo y se apartó de ella. Giró para encararla, estupefacto, y al instante la vergüenza cubrió la piel de Levana.

–Eso no es... No quise decir eso. Solo que... que usted y esta niña aún tienen su vida entera por delante. Sé que ahora debe dolerle, pero no abandone la esperanza de ser feliz en el futuro ni de disfrutar todas las cosas buenas que vendrán para usted.

Él contrajo el rostro, como si sufriera un dolor físico, y Levana pensó que quizás estaba haciendo todo mal. Quería consolarlo, pero no podía imaginar sentirse devastada por la pérdida de alguien. Jamás lo había sentido.

Además, para ella el futuro estaba claro ahora, incluso si él no podía verlo a través de su pena. Él llegaría a amarla una vez que le diera la oportunidad de hacerlo feliz.

–Hice venir a un amigo mío, Garrison Clay, otro guardia. Él y su esposa están en camino; vendrán a ayudar... –inhaló, temblando– a ayudar con los preparativos y... con la bebé –se aclaró la garganta–. Él puede escoltarla de regreso al palacio. Me temo que yo no le serviría de nada en el estado en que me encuentro, Su Alteza.

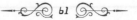

Levana dejó caer los hombros. Había estado tan llena de fantasías acerca de lo que podría ocurrir si Evret la escoltaba de regreso, la conducía hasta su recámara y se daba cuenta de que ya no era necesario que permaneciera fiel a una sola mujer…

Ninguna de esas fantasías había considerado dejarlo aquí, lloriqueando.

—Puedo quedarme con usted respondió—. Puedo consolarlo. Puedo…

—Esa no es su función, Su Alteza, pero gracias por su gentileza. Preferiría que no me hubiera visto así.

—Oh —le dio varias vueltas a la confesión en su mente, preguntándose si habría querido ser un cumplido.

—No le he agradecido por lo que hizo hoy. Con la reina. Pero tiene mi gratitud. Sé que no debe haber sido fácil para usted.

—Claro. Haría lo que fuera por usted.

Él se la quedó mirando, sorprendido, casi alarmado. Vaciló, antes de girar de nuevo, apartándose.

—Es usted amable, princesa. Pero solo soy un guardia; mi deber es *servirle*.

—Usted no es *solo* un guardia. Usted es… usted es quizá el único amigo que tengo —él hizo una mueca, y Levana no logró entender por qué. Su voz se fue apagando—. Al menos usted fue la única persona que me dio un regalo para mi cumpleaños.

El gesto de dolor se transformó en uno de conmiseración, y mientras su mirada afligida se posaba en ella de nuevo, sacó el dije de donde había estado oculto, debajo del canesú de su vestido. Su tristeza pareció aumentar cuando lo vio.

—Lo he llevado puesto todos los días desde que me lo dio —dijo, atreviéndose a seguir hablando por sobre el ansia en su garganta—. Lo valoro por encima de las joyas de la Corona, por encima… por encima de cualquier cosa en Luna.

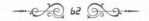

Con un hondo suspiro, Evret tomó el dije y lo envolvió en los dedos de Levana; luego envolvió su mano con las suyas. Ella se sintió pequeña y delicada, como si fuera su corazón lo que tenía en la mano, y no un dije antiguo.

—Es usted una chica encantadora y se merece las joyas más invaluables que jamás hayan adornado a una princesa. Me siento honrado de que me considere un amigo.

Pensó que la besaría, pero él solo retiró sus manos y se volvió hacia el panel de vidrio.

Su corazón golpeteaba, y sabía que se había ruborizado. Permitió que algo de color se mostrara través del encanto.

—Yo no soy como Channary. No quiero joyas. Lo que anhelo es mucho más precioso —Levana se aproximó un poquito a él, hasta que su hombro rozó su brazo. Él se apartó ligeramente.

Está de luto, se recordó a sí misma. *Está haciendo lo que considera correcto.*

Pero ser correcto le parecía tan poco importante cuando su sangre hervía bajo su piel. Cuando sentía que su corazón atravesaría su caja torácica si él no la tomaba en sus brazos.

Se pasó la lengua por el labio inferior, con todos sus sentidos exaltados, y volvió a acercarse unos centímetros.

—Sir Hayle... *Evret*... —la sensación de su nombre en sus labios, que jamás lo habían susurrado tan íntimamente excepto en sus fantasías, hizo que un escalofrío bajara por su espalda.

Pero él volvió a retroceder, y su voz cambió, se volvió severa.

—Me parece que lo mejor será que espere en la recepción, Su Alteza.

Su repentina frialdad la hizo detenerse, y lentamente Levana retrocedió un paso.

Luto. Está de luto.

Tragó saliva y sus sueños se extinguieron.

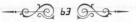

–Lo lamento. No iba a… No fue mi intención… No puedo ni imaginar por lo que está pasando…

Su expresión se suavizó, pero aun así no la miró.

–Lo sé. No pasa nada. Sé que solo está tratando de ayudar pero, por favor, Su Alteza: en este momento me gustaría estar solo.

–Por supuesto. Entiendo.

Aunque no era así.

De todas maneras se fue, porque él se lo había pedido y ella haría cualquier cosa por él. Quizá no entendiera su pena, pero sí entendía que Evret Hayle era un hombre bueno, y Solstice había sido una mujer con mucha, mucha suerte.

Pronto, se dijo Levana. Su vida estaba cambiando, y pronto quizás ella también podría tener mucha, mucha suerte.

SOÑABA CON ÉL CONSTANTEMENTE. TOMÁNDOLA DE LA MANO EN EL salón de banquetes mientras su hermana parloteaba sin parar sobre los vestidos nuevos que acababa de encargar. Mirándola amorosamente desde el otro extremo del salón del trono mientras los taumaturgos aburrían a todos con políticas anticuadas que Channary nunca se molestaría en entender o mejorar. Y cada noche se metía en la cama con ella, la envolvía en sus brazos musculosos y le llenaba el cuello de besos entibiados con su aliento.

Una fantasía de Evret permanecía cada mañana con ella cuando despertaba.

Una sombra de él la seguía por todos los pasillos.

Cada vez que descubría el uniforme de un guardia con el rabillo del ojo, su corazón empezaba a rebotar y ella volvía la cabeza para

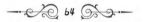

ver si se trataba de él, aunque con mucha frecuencia eran solo sus estúpidos guardias que la seguían a una distancia respetuosa.

Pasaron tres días y el período oficial de luto concluyó, pero no lo vio.

Pasó una semana.

Se le ocurrió que quizá se había ausentado del palacio para enfrentar la muerte de su esposa y pasar tiempo con su pequeña hija, y trató de ser paciente. De darle tiempo y espacio. De esperar a que él la buscara, porque seguramente lo haría. Sin duda la había extrañado tanto como ella a él.

Lo imaginó en su cama, de noche, completamente solo y soñando con tenerla en sus brazos.

Lo imaginó dirigiéndose a sus habitaciones y postrándose de rodillas para confesarle cuánto la adoraba y que no podía vivir un momento más sin probar el sabor de sus labios.

Se los imaginó como una familia feliz, ella, Evret y la bebita, jugando los tres en la guardería del palacio. Fantaseaba con que la regordeta nenita se acomodaba en su regazo y se quedaba dormida en sus brazos. Con la imaginación veía la mirada dulce de Evret sobre ambas, enternecido porque su familia estaba completa.

Porque estaban destinados a estar juntos.

Porque ella era el amor de su vida.

Pasó otra semana y seguía sin saber una palabra de él, y sin verlo para nada. Con cada día que pasaba, su anhelo crecía y crecía.

Entonces, luego de un largo día que al fin había terminado, su fantasía se volvió realidad.

Escuchó unos golpecitos en la puerta de sus habitaciones privadas, y anunciaron a sir Evret.

Levana salió a toda prisa de la terminal donde había estado viendo un documental sobre los primeros tiempos de la colonización de

Luna y apagó el nodo holográfico al mismo tiempo que invocaba el encanto de la chica pálida e invisible.

—¡Evret! —dijo alzando la voz, con el corazón golpeando contra su esternón.

Él retrocedió, quizá sorprendido por su exaltación o por la familiaridad con que había pronunciado su nombre. Llevaba en brazos un bulto de tela negra y dorada.

Sus dos guardias personales permanecían a cada lado, sin expresión alguna, como extrañas estatuas.

—Su Alteza —dijo Evret, haciendo una reverencia.

—Por favor, entre. Es un… Me alegro tanto de verlo. He estado pensando en usted. Venga, pediré que nos traigan té.

Su entrecejo estaba tenso. No dio un paso más allá del umbral.

—Gracias por su hospitalidad, Su Alteza, pero debo reportarme esta tarde para volver al servicio activo. Nada más quería traerle esto.

Ella vaciló. ¿Volver al servicio activo? Así que había estado ausente. Pensó que podía ser un alivio, pues una parte de ella había estado preocupada de que pudiera estar evitándola intencionalmente, pero también la irritaba que hubiera necesitado dos semanas completas de duelo por su esposa y para vincularse con su hija.

—No sea absurdo —dijo, abriendo más la puerta—. Me aseguraré de que su retraso sea perdonado. Pase, solo un minuto, por favor. He estado ex… he estado preocupada por usted; preguntándome cómo estaría —aún dudaba, mirando de reojo la tela—. Sir Hayle, no me haga plantearlo como una orden —agregó riendo, pero en respuesta, él solo apretó la mandíbula. Sin embargo, entró. Sus ojos recorrían rápidamente la recámara, como si acabara de meterse en una jaula. Levana cerró la puerta a sus espaldas; sus palmas se iban poniendo húmedas y su pulso trotaba—. Pase. Siéntese. No sabía que estaba de baja temporal. Aunque me había estado preguntando… —se dirigió a la sala, y cuando se iba a sentar en el confortable diván descubrió que le temblaban las piernas. Evret no se aproximó ni si sentó. Ella fingió no notar que estaba ansioso, pero sí se dio cuenta. Eso hizo que su propio nerviosismo se incrementara, y los recuerdos de un millar de fantasías se quebraron en su interior. Fantasías que habían comenzado con escenas muy similares a esta, solo que ahora era real. ¡Él estaba aquí!–. Cuénteme, Evret. Dígame qué ha sido de usted desde la última vez que nos vimos.

Él se irguió, como preparándose para un golpe. Su expresión se tornó estoica y profesional, mientras su mirada se concentraba en una pintura por encima del hombro de Levana.

–Estoy agradecido de que se me concediera este tiempo para hacer los arreglos necesarios por el deceso de mi esposa, como sé que usted está al tanto, Su Alteza, y también para ocuparme de los asuntos de su negocio –su voz comenzó a quebrarse, pero se recuperó con presteza–. He pasado la última semana liquidando su taller de costura y rematando los bienes que he podido.

La boca de Levana adoptó la forma de una O. No había considerado lo que era necesario hacer cuando alguien moría. Luego de la muerte de sus padres, los taumaturgos y sirvientes se habían hecho cargo de todo.

–L-lo lamento –tartamudeó, pensando que podría ser adecuado decir algo así–. Sé que ha pasado por muchas cosas.

Él asintió, como si aceptara su compasión.

–¿Y cómo está la niña?

–Está bien, Su Alteza, gracias –tomó una bocanada de aire y le tendió el bulto que llevaba en los brazos–. Quiero que tenga esto.

–Gracias, Evret. ¿Qué es?

Levana esperaba que, al no moverse de su sitio en el diván, Evret se vería obligado a aproximarse. A sentarse junto a ella. A mirarla a los ojos, por fin.

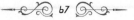

Pero él desdobló la tela y la extendió, mostrando la elaborada colcha de la Tierra que Solstice había confeccionado. La mitad se amontonó a sus pies.

Levana ahogó un grito de sorpresa. Era, centímetro a centímetro, tan impresionante como la recordaba, incluso más al estar rodeada por el lujo de sus habitaciones reales.

—Sol la hizo —dijo Evret con voz densa—, pero creo que usted ya lo sabía.

Levana paseó la vista sobre los brillantes retazos que, juntos, formaban la Tierra, y luego la fue subiendo y subiendo hasta que volvió a mirar a Evret.

—Es magnífica, pero ¿por qué me la da a mí?

Su rostro comenzó a contraerse, aunque parecía mantener sus emociones a raya a fuerza de una terca determinación.

—Mi mujer me dijo que usted había ido a su taller, Su Alteza. Me contó que había admirado la colcha —tragó saliva—. Pensé que a ella le habría gustado que usted la tuviera, porque usted era su princesa, así como lo es para mí. Y también pensé… quería encontrar una manera de demostrarle mi gratitud por persuadir a Su Majestad para que me dejara ir al hospital cuando Sol estaba… Usted nunca sabrá lo que eso significó para mí, Su Alteza. Tendrá mi gratitud hasta el día en que yo muera.

Levana se aclaró la garganta, observando la colcha. Todo en ella le fascinaba: el diseño, el trabajo artesanal impecable. Estaba encantada de que Evret quisiera dársela. Pero también sabía que nunca podría ver algo que su esposa hubiera hecho sin sentir una punzada de resentimiento.

—La colcha es extraordinaria —dijo finalmente, poniéndose de pie—. Si le parece bien, la guardaré en algún lugar seguro y podremos dársela a su hija cuando sea mayor. Ella es quien debe tenerla.

Evret abrió mucho los ojos, sorprendido, y luego, lentamente, su expresión se suavizó hasta formar una sonrisa indecisa.

—Se lo agradezco, Su Alteza. Eso es… —desvió la mirada y apretó los labios, ahogado por la emoción—. Es increíblemente amable. Usted es increíblemente amable. Gracias.

—No tiene que agradecerme. No quiero su gratitud, Evret —respondió ella negando con la cabeza.

Dejó caer los brazos, lo que hizo que la colcha se amontonara frente a él.

—Entonces, mi amistad. Si aún la quiere. Aunque soy solo un guardia y no merezco tal amiga.

Su sonrisa era tan perturbadora que Levana tuvo de volverse, aturdida. Podía sentir sus mejillas ardiendo. Su corazón era un volcán, y lava ardiente se precipitaba por sus venas.

—No, Evret. Debe saber que pienso en usted como algo más que… un simple amigo.

La sonrisa se congeló. Sus cejas se contrajeron con un asomo de pánico.

—Su Alteza, y-yo… —sacudió la cabeza—. No quería que mi presencia aquí…

—¿Qué cosa? —lo presionó, dando un paso hacia él.

—… diera una impresión equivocada —respondió, suavizando las palabras con otro intento de sonrisa—. Es usted una chica dulce. A veces pienso que usted está… confundida, pero sé que no tiene mala intención. Y sé que se siente sola. Veo cómo se comporta entre el resto de la corte —Levana enfureció, mortificada, mientras pensaba en todo lo que él había visto: las burlas de Channary, las risas de la corte…—. Sé que necesita un amigo. Puedo ayudarla. Puedo apoyarla cuando lo necesite —soltando una esquina de la colcha, se pasó la mano por el rostro—. Lo lamento, esto está saliendo mal; no era mi intención sonar tan…

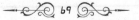

–¿Condescendiente?

Se sobresaltó.

–Usted *me importa*; eso es lo que estoy tratando de decir. Estoy aquí para usted si alguna vez necesita alguien con quien hablar, alguien con quien mostrarse tal como es.

Levana se mordió el labio inferior, irritada pero también llena a tal punto de adoración por ese hombre que quería llorar. Su mirada recorrió los continentes de la Tierra, el primoroso trabajo de retazos con bordes deshilados y brillante hilo dorado. Respiró hondo.

–Lo sé. Sé que le importo. Usted es el único –sonriendo con timidez, se atrevió a buscar su mirada de nuevo–. Primero el dije y ahora la colcha; pareciera que está intentando darme el mundo entero, sir Hayle.

–Solo un poco de cariño, Su Alteza –dijo él, sacudiendo la cabeza.

Su sonrisa se encendió cuando se aproximó y sus pies desnudos pisaron la suntuosa colcha, pasando por encima de la Antártida, el océano Atlántico…

–¿Está seguro? –preguntó, imitando el modo seductor con que había visto a Channary mirar a un pretendiente potencial a través de las pestañas–. ¿Está *seguro* de solo está aquí para eso, sir Hayle?

La atención de él se había desviado a sus pies avanzando sobre la colcha.

–¿Su Alteza? –preguntó, con el ceño fruncido.

–No estoy *confundida*, Evret. No me siento *sola* –sujetó el borde superior de la colcha y Evret la soltó. La dejó caer al piso, y la expresión de alarma se volvió a encender en el rostro del guardia. Retrocedió un paso, pero sin darse cuenta de lo que estaba haciendo, Levana puso en juego su don y le inmovilizó los pies.

–¿Pero qué…?

–Estoy enamorada de usted, Evret.

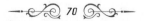

La preocupación se multiplicó por cien.

—Su Alteza, eso no es…

—Ya sé. *Ya sé.* Usted estaba felizmente casado. Usted amaba muchísimo a su esposa. Lo entiendo. Pero ella ya se ha ido y yo estoy aquí, ¿no lo ve? Así tenía que suceder. Siempre fue así como tenía que suceder.

Tenía la boca abierta y la miraba como si no pudiera reconocerla. Como si no le hubiera sonreído con tanta dulzura poco antes, mientras le decía todas esas cosas adorables que le dijo. Como si aún no le hubiera confesado la verdad.

Amistad. *Amistad.*

No. El dije, la colcha, él mismo aquí, solo, en su recámara.

Este no era un hombre que quería que fueran amigos. Era suyo, tanto como ella le pertenecía.

Alzó las manos para detenerla mientras ella volvía a acortar la distancia.

—Basta —siseó con voz queda, como si le preocupara que los guardias que se encontraban al otro lado de la puerta pudieran escuchar o pudieran irrumpir—. Esto es lo que me temía. Sé que usted —se esforzó un momento por encontrar la expresión— *siente* algo por mí, Su Alteza, y me halaga, pero estoy tratando de…

—Yo podría ser ella, ¿sabe? —interrumpió Levana—. Si eso le facilitara las cosas.

—¿*Qué*? —frunció el ceño, consternado.

—Soy muy buena en eso. Usted lo vio… vio cuán convincente puedo ser.

—¿Qué está…?

El encanto de Solstice Hayle resultó más fácil esta vez; cada vez era un poquito más fácil. Levana estaba segura de que había interiorizado por completo a la mujer, desde el fino arco de sus cejas hasta las ligeras ondas en el extremo de su largo cabello oscuro.

Evret se apartó de ella, aunque sus pies permanecieron anclados en el suelo.

—Princesa, basta.

—Pero esto es lo que usted quiere, ¿o no? De esta manera puede tenernos a ambas. Seré su esposa. Seré la madre de su hija. Muy pronto la gente se olvidará de la que murió y solo seremos usted y yo y nuestra familia perfecta, y usted será un príncipe, Evret, lo cual será mucho mejor que ser un guardia, y…

—¡*Basta!*

Se quedó paralizada; el fuego en sus venas se extinguió por la furia de su tono. Respiraba entrecortadamente, y se estaba inclinando tanto para alejarse de ella que temió que se cayera. Con una mueca, Levana anuló el poder con que mantenía sus pies fijos al suelo y él retrocedió trastabillando hasta la pared.

—Por favor, por favor vuelva a ser la que era. Usted no entiende… No sabe lo mucho que me está lastimando.

Levana sintió la vergüenza escalando por su garganta, a la vez que una determinación casi de la misma magnitud. Se aproximó aún más, casi hasta tocarlo. Evret trató de escurrirse, pero no había a dónde huir.

—Usted no puede negar que me desea. No después del regalo de cumpleaños, y la tarjeta. No después de… cada vez que usted me ha sonreído, y…

—Por todas las estrellas, princesa: solo estaba tratando de ser *amable*.

—¡Usted me ama! No lo niegue.

—Usted es una niña.

Ella rechinó los dientes, mareada por el deseo.

—Soy una mujer, tanto como lo era Solstice. Tengo casi la misma edad que tenía mi madre cuando se casó.

—No. *No.*

Los ojos de Evret echaban chispas. Enojo, quizás. O tal vez pasión. Levana miró sus manos crispadas y se las imaginó alrededor de su cintura, atrayéndola hacia él.

—Sé que tengo razón. Ya no tiene que negarlo.

—¡No! *Se equivoca.* Amo a mi esposa, y aunque en este momento usted pueda verse como ella, usted no *es* ella —apartó el rostro, lamentando sus propias palabras—. La última vez que estuve en este palacio desobedecí a mi reina, y ahora he insultado a mi princesa antes de haber regresado siquiera a mi puesto. No puedo... —hizo una mueca—. Juro que entregaré mi renuncia a la guardia real esta noche, y ruego que la Corona muestre misericordia.

Las lágrimas anegaron los ojos de Levana, pero parpadeó para enjugarlas.

—*No.* Su renuncia es rechazada, y le diré a Channary que también la rechace.

—Su Alteza, por favor, no lo haga... —gimió.

—No se lo permitiré. Y no le permitiré negar lo que en el fondo de mi corazón sé que es verdad.

Levana siempre había sido más afecta a usar su encanto en sí misma, y no en controlar las emociones de las personas. Esa clase de manipulación era mejor dejarla en manos de los taumaturgos, que tenían el entrenamiento y las habilidades.

Pero ahora se impuso a la fuerza en los pensamientos de Evret con la misma facilidad con que se puede hundir un dedo en la tierra húmeda. Siempre había sido fácil controlar a los guardias —una medida de seguridad—, y Evret no era la excepción. Su mente no opuso resistencia.

—Usted me ama —dijo. *Suplicó.* Apretó su cuerpo contra el suyo, sintiendo el calor y la fuerza y el impacto de sus manos, que repentinamente la sujetaron por los brazos—. Usted me ama.

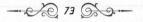

Él intentó evadirla volviendo a un lado la cabeza. Podía ver la lucha en su rostro, sentir la resistencia con que intentaba resguardar su mente. Resguardar su corazón.

Un intento patético.

No podía resistirse. Ella no se lo permitiría. No ahora. No cuando estaba destinado a ser suyo. Cuando ella sabía que él la deseaba tanto como ella a él. Si tan solo pudiera *verlo*...

—Usted me ama —susurró, esta vez con voz más suave—. Somos el uno para el otro. Usted y yo. Es el destino, Evret. El destino.

—Princesa...

Llenó su corazón de deseo, su cuerpo de anhelo, su mente con la misma certeza que ella sentía. Vació en él sus propias emociones y sintió cómo se desmoronaba su resistencia. Él se estremeció, abrumado por la misma catarata de sentimientos que la abrumaban a ella.

—Dígame que es verdad. Dígame que me ama.

—La... la amo —las palabras, quebradas por la desesperación, eran apenas un murmullo, y su cuerpo entero se aflojó al liberarlas—. *Sol...*

El nombre desató una corriente de odio que recorrió su interior, pero quedó olvidada cuando Evret Hayle la atrajo hacia él y la besó. Ella jadeó contra su boca y él volvió a pronunciarlo, enviando la palabra dentro de ella con su aliento.

Sol...

Luego se ahogaba. Se ahogaba en un tumulto de sensaciones y en calor y en la corriente de su propia sangre y en ansia y en deseo, y él la amaba.

Él la amaba.

Él la amaba.

... él la amaba...

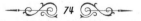

—ESE SE ESTÁ PONIENDO DIFÍCIL —DIJO CHANNARY, SIGUIENDO CON EL PIE el rápido ritmo de la pieza orquestal y tomando una brillante cereza roja entre los dientes. Inclinándose sobre el barandal, arrojó el tallo por el borde del balcón, dejando que este descendiera girando hasta caer en el piso del salón de baile y se perdiera entre el caleidoscopio de vestidos y sombreros extravagantes.

A su lado, Levana no se inclinó ni sacudió el pie; ni siquiera hizo el intento de discernir a cuál pretendiente se refería su hermana. Su atención estaba fija en Evret, imponente y pétreo junto a la escalinata del salón de baile, con un uniforme idéntico al de cualquier otro guardia, y aun así de alguna manera más parecido a la realeza que al personal contratado.

Su expresión era serena y adusta. No la había mirado ni una vez desde que comenzó el baile.

—Oh, ya veo —dijo Channary, pestañeando en dirección a Levana y luego sonriendo astutamente hacia Evret—. Ahora que tienes tu propio juguete para divertirte, ¿no te vas a molestar en escucharme despotricar sobre el mío?

—Él no es un juguete.

—¿No? Entonces un títere.

—Tampoco es un títere —respondió Levana, apretando los puños a cada lado de su cuerpo.

Channary rio. Dándole la espalda al barandal, le hizo señas a uno de los sirvientes. En un segundo acudió a su llamado, puso una rodilla en el suelo y sostuvo una bandeja por encima de su cabeza para que Channary pudiera inspeccionar lo que le ofrecía. Una docena de copas de licor estaban dispuestas en espiral, cada una con una

bebida de diferente color. Channary escogió una que era anaranjado brillante y con consistencia de almíbar.

—Quédate aquí, en caso de que quiera otra —dijo, y se volvió a su hermana—. Si no es un juguete o un títere, ¿entonces por qué, en el nombre de Cyprus Blackburn, te pasaste el mes anterior disfrazada de su simplona esposa?

El calor inundó las mejillas de Levana, pero el encanto no cedió. Siempre tranquila, siempre sosegada, siempre alegre y delicada y encantadora. Así era como recordaba a Solstice Hayle a partir de sus breves interacciones. Así era como quería que todo el mundo la viera ahora.

—La pobre mujer murió al dar a luz —dijo Levana—. Le estoy rindiendo homenaje.

—Estás jugando con su mente —una sonrisa traviesa se extendió por el rostro de Channary—. Lo cual podría hacerme sentir orgullosa si al menos te hubieras fijado una meta un poco más alta. ¿Un guardia de palacio, en serio? Una vez que termines con él, quizá puedas poner los ojos en uno de los jardineros.

Levana dirigió la mirada hacia su hermana.

—Eres una hipócrita. Dime, ¿cuántos guardias de palacio te han hecho compañía durante años?

—Oh, innumerables —Channary tomó un sorbo de su bebida, y su sonrisa astuta permaneció ahí cuando bajó la copa e inspeccionó de nuevo el contenido color amapola. La olfateó con suspicacia—. Pero nunca en detrimento de divertirme en otro lado. De manera ideal, una dama debería tener tres juguetes al mismo tiempo: uno para el romance, otro para la cama y otro para que la adorne con joyería costosa.

El ojo de Levana comenzó a sacudirse con un tic.

—Nunca has tenido a Evret.

Soltando una carcajada, Channary puso de nuevo en la bandeja la bebida que apenas si había tocado y seleccionó una de tono azul verdoso espolvoreada con algo blanco y reluciente. El sirviente no se movió.

—Es verdad. Aunque estoy segura de que sería mucho menos problemático que el comisario Dubrovsky —suspiró—. *La muy descarada.*

¿Dubrovsky? Levana echó un vistazo hacia abajo, al torbellino de danzantes. Le llevó un rato, pero finalmente ubicó al comisario, que bailaba con un joven caballero cuyo nombre se le escapaba. Uno de los herederos de la familia, estaba segura.

—Quizá la dificultad radica en sus preferencias personales— Channary agitó los dedos—. He descubierto que no tiene nada de particular. Excepto, evidentemente, que no está interesado en su reina. No lo entiendo. Le he estado haciendo insinuaciones desde la última puesta de sol.

Al bajar la vista, Levana vio que el brazo del sirviente estaba comenzando a temblar. Las bebidas en las copas estaban vibrando. Escogió una bebida que parecía chocolate derretido.

—Puedes irte —dijo enseguida.

Channary eligió un licor amarillo narciso antes de que el sirviente escapara, y sostuvo ambas bebidas en la mano mientras se inclinaba sobre el barandal del balcón. Volvió a fijar la vista en el comisario. No de manera soñadora o extasiada, sino como si estuviera analizando una estrategia de guerra.

—Si tanto lo quieres —le dijo Levana—, ¿por qué no simplemente le lavas el cerebro para que te desee? Sería mucho más fácil.

—Lo dices como si tuvieras experiencia en esos asuntos.

Las entrañas se le contrajeron; Levana no podía evitar que su atención se concentrara otra vez en Evret. El estoico, imponente Evret. ¿Alguna vez sus ojos la habían seguido por una habitación

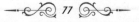

como los suyos lo seguían a él? ¿Alguna vez le había echado un vistazo cuando ella no estaba mirando? Si así había sido, aún no lo había sorprendido haciéndolo, ni una sola vez desde el primer beso que se habían dado en sus habitaciones.

—Manipular a tu presa es una manera fácil de hacer trampa en el juego —dijo Channary. Metió la lengua en la bebida azul, cubriéndola con el polvillo plateado, y se lo tragó. Su expresión se tornó sorprendentemente complacida—. Pero no quiero ganar de esa manera. Ganaré cuando pase a la historia lunar como la reina más deseada que alguna vez caminó por estos pasillos.

—En todo caso, la reina más indecisa. ¿No quisieras alguna vez solo… enamorarte?

—*Amor*. Qué infantil eres —aparentemente sin premeditación, Channary se tomó sus dos bebidas en dos tragos sucesivos. Hizo gestos por la combinación de sabores y luego se echó a reír—. ¡Amor! —gritó hacia la pista de baile, tan fuerte que unos cuantos músicos se sobresaltaron y la música se detuvo momentáneamente antes de retomar la melodía—. ¡El amor es una conquista! ¡El amor es una guerra! —abajo, unas cuantas personas habían dejado de bailar para mirar de reojo a su reina loca. Levana se apartó de ella—. ¡Esto es lo que pienso del amor!

Channary arrojó sus copas vacías hacia el gentío, lo más fuerte que pudo. Una de ellas se hizo añicos contra el suelo pulido. La otra le dio a la pareja del comisario Dubrovsky en un ojo. El joven aulló y alzó las manos; demasiado tarde.

Una risita vengativa iba creciendo en el interior de Channary, pero rápidamente fue ahogada por una mano elegante sobre su boca.

—¡Ups! —gorjeó, y luego rio con más ganas y se alejó del barandal. Levana la siguió, horrorizada. Ignoraron a los invitados, que se deshicieron en inclinaciones y reverencias mientras pasaban. La reina se veía francamente poseída por la risa.

—¿Y tú crees que eso logrará que el comisario se encariñe contigo? —preguntó Levana, abandonando su propia bebida intocada en una mesa lateral— ¿Atacar a sus parejas de baile?

—No puede ser más absurdo que tu táctica —de pronto, Channary contraatacó haciendo que se quedaran detenidas en la rampa que recorría serpenteando el salón de baile, la que conectaba el piso principal con el primer balcón—. ¿De verdad crees que con cambiar tu encanto para verte como su esposa muerta y manipularlo un par de veces al día vas a lograr que se enamore de ti?

Levana enfureció.

—No necesito hacer nada: él ya está enamorado de mí. Y yo lo amo. Pero supongo que no lo entenderías.

Con una sonrisa burlona, Channary acercó la cabeza y bajó la voz:

—Si realmente crees que él te ama, ¿entonces para qué manipularlo? ¿Por qué no dejar que conserve sus propias emociones, inalteradas? De hecho, ¿por qué no mostrarle cómo eres en realidad? —soltó un bufido burlón— ¿O te da mucho miedo que huya gritando de la habitación si lo haces?

La rabia estalló en la cabeza de Levana. De repente empezó a temblar, e incluso su encanto reflejaba la ira que estaba sintiendo. Había pasado mucho tiempo desde que había perdido el control.

Respirando despacio, se obligó a relajarse. Su hermana insultaba a los demás de manera que, en comparación, ella resultara enaltecida. En todo caso, habría que tenerle lástima.

—Aún está de duelo —dijo Levana, midiendo sus palabras—. Y como lo amo, estoy intentando que esta transición le resulte tan fácil como sea posible.

Pestañeando, Channary ladeó la cabeza.

—Ah, sí. Es cierto *todos* podemos ver cuánto le estás facilitando la transición.

Levana alzó la barbilla.

–No me importa lo que pienses. Me voy a casar con él. Cuando esté listo, me voy a casar con él.

Channary levantó una mano y le dio unas palmaditas en la mejilla. Aunque fue un contacto gentil, Levana se apartó de la caricia.

–Entonces eres más idiota de lo creía, hermanita.

Dejando caer la mano, se bajó estratégicamente los tirantes del vestido y pasó junto a su hermana para dirigirse a la pista de baile.

Levana cerró los ojos, tratando de ahogar la música que chocaba contra ella y la arrollaba, la risa burlona de los invitados, las palabras insultantes de su hermana. Channary no entendía. Levana no estaba tratando solo de reemplazar a la esposa muerta de Evret: le demostraría que, para empezar, era mejor partido. Sería más amorosa, más dedicada, más enigmática. Lo haría olvidar que alguna vez había tenido otra amada.

Pero su estómago seguía hecho un nudo cuando abrió los ojos y vio hacia la pista de baile. Todas las niñas bonitas y los niños lindos con su preciosa ropa y sus hermosos encantos. Quizá no bastaba con usar el encanto de la esposa de Evret; no si iba a ser mejor que ella en todos los aspectos.

Se escabulló, alejándose de la multitud que giraba y se retorcía, hasta que su espalda chocó con una pared. Un tapiz se bamboleó contra su hombro. Sobre su cabeza, un globo brillante arrojaba un débil halo sobre las pocas parejas que deambulaban por la rampa.

Pensó en Solstice, la mujer a quien él había amado tanto.

Levana decidió que su cabello sería un poquito más brillante, y le agregó un toque de rojo por capricho, por contraste, por coquetear. Sus ojos serían más grandes, de un tono más profundo. Sus pestañas más densas, relucientes e impecables. Su busto sería solo un poquito más generoso y su cintura un poquito más esbelta, y

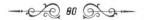

sus labios serían un poquito… no, no un poquito: sus labios serían de un rojo vivo, impactante.

Cuando Evret la viera, vería perfección.

Cuando *cualquier* hombre la viera, vería perfección.

Tal vez su hermana tenía razón. Tal vez era horrible, pero mientras lograra engañar a todos, ¿qué importaba? Si quisiera, haría que incluso aquel comisario la deseara.

Esperó a que el encanto se hubiera ensamblado por completo. Era buena para estas visiones; tenía la habilidad de hacer que su encanto fuera tan real que ya no necesitaba usar su verdadera piel para nada.

Sintiéndose segura de nuevo, descendió hasta la base de la rampa. Algunas cabezas giraron hacia ella mientras pasaba flotando entre los que bailaban. No se dirigió directamente hacia Evret; más bien fue saludando con inclinaciones de cabeza y sonrisas a los nobles que le dedicaron miradas de curiosidad, trazando un sendero lento pero ininterrumpido a través del salón de baile.

Aun así, estaba tan cerca como para poder tocarlo antes de que su mirada ausente se cruzara con la suya. Por un momento pareció que miraba a través de ella; luego sus ojos oscuros se llenaron de asombro mientras recorrían su cuerpo, antes de volver a posarse de nuevo en su rostro.

Después, una extraña mezcla: deseo —estaba segura—, pero también, quizá, ¿miedo?

No sabía qué hacer con eso.

—Sir Hayle —dijo, y en aquel momento, como un relámpago, tomó la decisión de hacerle una mejora a su voz. *Como una canción de cuna,* pensó. *Mi voz será como el espléndido canto de un pájaro—,* me gustaría dar un paseo por el lago. ¿Me acompañaría?

Él se debatió ante la solicitud durante el tiempo que toman dos latidos, antes de dejar caer la cabeza para asentir en silencio.

Su puesto exigía que la siguiera a una distancia respetuosa al tiempo que avanzaban por los pasillos del palacio y salían al pórtico de piedra que dividía el palacio de los jardines y la ribera del lago. El lago Artemisa resplandecía en la oscuridad, reflejando las luces del palacio hacia el cielo, junto con un océano de estrellas. A menudo Levana se había imaginado que podía nadar en el agua y de pronto hallarse flotando en el espacio.

—Cuando era niña creía que llegaría un tiempo en que disfrutaría estas fiestas —dijo, confiando en que Evret la escucharía, aunque caminara varios pasos detrás de ella—. Pero ya veo que nunca dejarán de ser agobiantes. Puro devaneo político bajo la apariencia de diversión inocente —sonrió para sí, satisfecha con la sabiduría y la madurez con que habían sonado sus palabras. Con su encanto mejorado se sentía más segura de sí misma de lo que se había sentido en meses. Tal vez en toda su vida—. Me gusta mucho más estar aquí afuera, disfrutando de esta noche prístina —se volvió hacia él; una docena de pasos más allá, Evret se detuvo, y su rostro quedó envuelto en las sombras—; ¿a usted no?

—*Princesa.*

Esa palabra hizo que un escalofrío corriera por la columna vertebral de Levana, pues estaba cargada de todo lo que había percibido en sus ojos en el salón de baile. Asombro, deseo y miedo.

—¿Por qué se queda tan lejos, sir Hayle?

—Puedo protegerla bien desde acá, Su Alteza.

—¿Ah, sí? ¿Y si un asesino me disparara una bala al corazón desde una de aquellas ventanas? ¿Lograría llegar hasta mí a tiempo?

—No es de un asesino de quien temo que necesite protección.

Ella llevó una mano a la cadena que llevaba colgada del cuello.

—¿Entonces de qué necesito protección? —dio un paso vacilante hacia él.

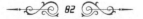

—De usted misma —dijo firmemente. Luego dio un paso hacia atrás y añadió, sin mucha convicción—: O de mí, si se acerca más.

Levana se quedó quieta. Había algo diferente en él esa noche, una reacción extraña a su encanto. No estaba segura de si era lo que quería o no. Desde el día que se había presentado en sus habitaciones habían compartido un centenar de momentos robados. Un roce afuera del salón de banquetes. Una mano posesiva en su cintura mientras ella desaparecía en su recámara en la noche. Un beso apresurado y desesperado en los corredores de los empleados antes del cambio de guardia.

Pero Levana no era tan ingenua como para fingir que cada uno de esos momentos no había requerido que ejerciera presión sobre su mente. Reestructurar sus pensamientos para que se acoplaran a los suyos, obligándolo a adoptar su propio deseo, recordándole una y otra vez que la amaba. Que él la amaba a *ella*.

Y seis veces —¡*seis* veces!— él había violado el código de conducta de la guardia, concretamente la norma que establecía que no debía hablar a menos que sus superiores se lo ordenaran, para decirle que esto debía terminar. Le había dicho que estaba confundido y que tenía el corazón roto y que no podía imaginar qué le había sucedido y que no había sido su intención aprovecharse de ella y que no la culpaba de nada, pero que esto debía parar… Hasta que de pronto ahí estaba, besándola de nuevo.

Hasta ese momento, aquella noche Levana no había tenido que manipular sus emociones. Hasta ese momento había sido únicamente su encanto lo que lo había impulsado.

—¿A qué se refiere con que necesito protección contra usted?

—Su Alteza —el miedo se había esfumado; ahora solo parecía cansado—, ¿por qué me tortura de esta manera?

—¿Lo *torturo*? —preguntó a su vez.

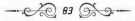

–Cada vez que me alejo de usted, cuando no estoy en servicio, cuidando a mi bebé, mis pensamientos son firmes. Me conozco a mí mismo. Sé lo que dice mi corazón. Sé que mi esposa está muerta, pero me dejó una hermosa hija antes de irse y estoy agradecido por ello –tragó saliva–. Sé que soy leal a la Corona y que serviré con fidelidad mientras pueda. Y sé que me preocupo por usted como… como un guardia debe preocuparse por su princesa. Y como un amigo, supongo.

–Usted es mi…

–Pero cuando usted está cerca –continuó, y aquella noche esa interrupción le chocó a Levana más que ninguna otra cosa: un guardia jamás interrumpía a un miembro de la aristocracia, y mucho menos a un miembro de la familia real–, mis pensamientos se confunden de nuevo. Mi corazón late más rápido en su cercanía, pero no de una manera feliz o amorosa. Me asalta el pensamiento de que mi cuerpo le pertenece a alguien más y no puedo alejar mis manos de usted, ni quiera sabiendo que eso está mal. Estrellas en lo alto, ¡podrían ejecutarme por esto!

–¡No! No; jamás permitiré que eso suceda.

–Pero usted me está *haciendo* todo eso –se quedó petrificada–, ¿o no? Todo esto es una manipulación. Un truco sobre la mente del pobre guardia débil.

Levana sacudió la cabeza y corrió hasta él.

–No pienso en usted en esos términos –le dijo, tomándolo de las manos.

–¿Entonces por qué lo hace?

–¡Porque lo amo! Y usted me ama, pero es demasiado honorable como para…

–¡Yo *no* la amo! –gritó, y sus palabras la hirieron como mil astillas de hielo–. O al menos… no creo amarla. Pero usted ha confundido tanto mi mente que difícilmente puedo distinguir cuál es la realidad.

Ella aventuró una sonrisa amable.

–¿Acaso no lo ve? Así es como se supone que se siente el amor. Todas esas emociones encontradas y esos accesos de pasión que difícilmente logra controlar, y esa sensación constante de un nudo en el estómago, como si no pudiera decidir si quiere huir de esa persona o si quiere correr hacia ella.

Su rostro se tensó, como si estuviera tratando de atemperar su palabras para no gritar de nuevo.

–Se equivoca, princesa. No sé qué es lo que está describiendo, pero no es amor.

Las lágrimas le quemaron en los ojos.

–Cuando dijo que necesitaba protección de usted, no creí que tuviera intenciones de romperme el corazón. No después de todo lo que he… No sabiendo que yo haría *cualquier cosa* por usted, Evret.

Alejándose de ella, se alisó sus gruesos rizos con ambas manos.

–No era mi intención, princesa. No creo que entienda lo que está haciendo y cuán malo es, pero esto no puede seguir así. Al final, usted se cansará de esta farsa y yo recibiré un castigo por aprovecharme de usted, ¿acaso no lo ve?

–Ya se lo dije: no permitiré que suceda.

–¿Y usted cree que la reina la escuchará? –preguntó él dejando caer las manos.

–Tendrá que hacerlo. Ella misma ha tenido incontables amoríos con guardias reales.

–¡Ella no tiene 16 años!

Levana se rodeó el cuerpo con los brazos, como si pudieran servirle de escudo.

–Usted cree que solo soy una niña ingenua.

–Sí: ingenua, confundida y sola.

Levana se esforzó por sostenerle la mirada.

–¿Y qué hay de la belleza? –él se sobresaltó y apartó la mirada–. También me encuentra hermosa, ¿o no? ¿Quizás irresistible?

–Princesa...

–Respóndame.

–No puedo.

–Porque tengo razón –él no dijo nada. Levana tragó saliva–. Cásese conmigo, Evret –sus ojos se dirigieron de nuevo hacia ella, horrorizados, pero continuó–. Cásese conmigo y será un príncipe. Ella no podrá tocarlo.

–No. *No*. Solstice... y mi preciosa Winter...

Su corazón tropezó y se sorprendió de cuán rápido habían vuelto los celos, de cuánto le dolía.

–¿*Winter?*, ¿quién es Winter?

Él soltó una carcajada, dejando que las manos descendieran por su rostro.

–Es mi *hija*. ¿Usted cree que me ama y ni siquiera ha preguntado qué nombre le puse a mi bebita de un mes? ¿Acaso no ve lo descabellado que es todo esto?

Levana tragó saliva. *Winter. Solstice.* Aunque en Luna no hay estaciones, sabía suficiente sobre el calendario terrícola como para estar familiarizada con la forma en que ambas palabras se correspondían. También recordó la mantita para bebé bordada con un paisaje nevado.

Él pretendía no olvidar a su esposa. No mientras viviera.

–Winter –dijo, pasándose la lengua por los labios–. Su hija será una princesa con todas las riquezas y los privilegios que corresponden a una niña de su condición. ¿Acaso no querría eso para ella?

–Quiero que esté rodeada de amor y respeto. No... no de los juegos que la gente en ese salón de baile inventa para entretenerse. No de lo que sea que usted esté tratando de hacer conmigo.

Apretando los puños, Levana avanzó hasta él a zancadas y tuvo que echar la cabeza hacia atrás para mirarlo.

–Winter tendrá una madre, y usted tendrá una esposa. Y yo los amaré a ambos mejor de lo que ella los habría amado.

Temblando de furia y determinación, Levana pasó junto a él y volvió al palacio.

Le llevó un largo rato, pero cuando se dio cuenta de que la princesa no podía quedar desprotegida, la siguió.

DESPUÉS DE AQUELLO, EVRET COMENZÓ A ABANDONAR SUS RESISTENCIAS y Levana abrigaba esperanzas de que hubiera empezado a olvidar a su esposa. O no a olvidarla, sino a olvidar que ella era una mujer completamente diferente. Su mirada se perdía cuando estaba con ella, y en la cercanía de otros miembros de la corte, era tan impenetrable como alguna escritura extinta de la Primera Era. No revelaba nada; bien habría podido ser un extranjero.

Era una decisión prudente. Él ya había tenido razón antes. Si su hermana quisiera acusarlo de aprovecharse de la princesa, tendría todo el derecho de hacerlo; pero a Levana no le preocupaba en absoluto. Channary tenía bastante de qué ocuparse con sus propias conquistas románticas y, por lo demás, desde que era aún más joven que su hermana coqueteaba con hombres mayores.

No, no se sentía preocupada.

Sobre todo en esos momentos en los que, por fin, se encontraban a solas. Esos instantes robados al tiempo en los que él era suyo, completamente suyo. Comenzó a suavizar el control mental que ejercía sobre él, poco a poco, y para su alivio y alegría, su reacción

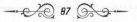

fue volverse más atrevido, sus manos más posesivas, sus caricias más osadas.

La primera noche que pasaron juntos, él murmuró una única palabra sobre su pelo:

—*Sol...*

Llena al mismo tiempo de dolor y placer, de gozo y rabia, Levana apretó los dientes y lo abrazó con fuerza.

Cuando el domo se iluminó sobre la ciudad blanca a la mañana siguiente, Levana lo dejó dormir hasta que llegó la doncella con el desayuno. Mortificado y afligido, Evret se quedó petrificado en la cama mientras Levana le ordenaba a la mujer que rebanara el pan y lo untara con mantequilla, que cortara su fruta, que le preparara el té que no tenía intención de beber.

Cuando la doncella se fue, Evret se liberó de las sábanas. Ella vio el instante en que atisbó las manchas de sangre sobre la tela blanca de algodón, la rapidez con que apartó la vista. Se vistió apresuradamente lanzando maldiciones en voz baja.

Levana, apoyada en sus almohadas de pluma, con la bandeja sobre el regazo, se puso una mora en la lengua. Le supo agria. Channary habría llamado a la doncella para que se la llevara, y la idea le cruzó por la cabeza, pero la dejó pasar. Ella no era su hermana.

—Así no —dijo Evret sin mirarla a la cara—. No pensé que pudiera ir tan lejos, no lo creí —se llevó el puño a la cabeza—. Lo siento mucho, princesa.

Levana se resintió, molesta, pero trató de seguirle la corriente como si fuera una broma.

—¿Por irte antes de desayunar? —murmuró en tono de admiración—. Si tienes hambre, pediré que nos traigan otra bandeja.

—No. Me refiero a mi hija... se quedó con la niñera toda la noche. No tenía planeado...

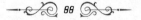

Levana observó su espalda musculosa mientras se ponía la camisa por la cabeza.

—Yo pagaré las horas extras de la niñera. Quédate, Evret.

Alisó las sábanas junto a ella.

Él sacudió la cabeza y se sentó en la orilla de la cama para calzarse las botas. Luego, titubeante, dejó caer la primera bota al suelo. Bajó los hombros, derrotado. Levana sonrió con una mueca mientras sorbía el jugo de la mora que había quedado en su dedo, y se preparó para moverse y hacerle un hueco contra la cabecera, pero él comenzó a hablar con voz cargada de tristeza.

—Traté de irme. Hace una semana.

Levana dudó y se sacó el dedo de la boca.

—¿Cómo que irte?

—Incluso habíamos empacado. Pensaba llevarme a Winter a uno de los sectores madereros y aprender un nuevo oficio.

Levana entrecerró los ojos, clavando la mirada en su nuca.

—¿Un nuevo oficio para hacer qué? ¿Derribar árboles?

—Quizás, o en una maderería o incluso haciendo molduras de madera. No sé. Solo quería estar en cualquier otra parte.

Escandalizada, puso a un lado la bandeja.

—Pero ¿por qué no lo hiciste? Si estabas tan *desesperado* por escapar...

—Su Majestad no lo permitió.

Levana quedó petrificada.

—Le entregué mi renuncia y se rio de mí. Dijo que se entretenía mucho viendo cómo se ponía en ridículo y que no me dejaría ir. Llegó a amenazarme con enviar guardias que me capturaran a mí y a Winter si me iba sin su consentimiento.

—No me importa en lo más mínimo lo que piense —dijo Levana, con un estremecimiento.

—A mí sí. Es mi reina. Me controla tanto como usted.

—Yo no te *controlo*.

Por fin la miró, pero su expresión era de desconcierto.

—¿Qué piensa usted que es lo nuestro?

—¡Estoy...! ¡Casi no...! —se clavó las uñas en las palmas—. Tú me deseas tanto como yo a ti. Lo veo en tus ojos cada vez que me tocas.

Evret se rio y su risa sonó cruel, muy diferente de la risa cálida y gentil que recordaba. Gesticulando cerca de su rostro, gritó:

—¡Usa la cara de mi esposa! A solo dos semanas de haberse muerto. Me sentía destrozado y, de pronto, volvió y yo... pero no era que hubiera regresado. Era usted. Era solo *usted*. ¿Y no cree que es una manipulación?

Levana apartó las mantas y se abalanzó a ponerse la bata que había dejado en el asiento del tocador.

—Ahora es *mi* rostro. Así es como soy, y no vayas a decirme que lo de anoche fue un error, que tú no querías.

—*Nunca* quise esto —se frotó las cejas—. Hablan en la corte, lo mismo que entre los otros guardias. Los rumores sobre nosotros...

—¿Eso qué importa? —contuvo la respiración para calmarse—. Te amo, Evret.

—Ni siquiera sabe lo que significa esa palabra. Quisiera hacérsela entender —le dijo y señaló con un gesto el espacio vacío entre ellos—. Toda esta fantasía que imaginó está en su cabeza. Nada es real. No es mi esposa y yo... tengo que estar con mi hija. Es lo único que me queda de ella.

Levana cerró con fuerza la cinta de la bata y permaneció de pie, temblando de ira mientras lo veía calzarse las botas.

—Vas a casarte conmigo.

Él se detuvo un instante antes de abrochar la última hebilla en la parte alta de sus botas.

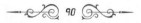

–Princesa, por favor. No volvamos a eso.

–Esta noche.

Se quedó mirando por un largo rato el suelo. Un tiempo dolorosamente largo.

Ella no sabía qué iba a ver cuando por fin alzara la cabeza, pero su falta de expresión la sorprendió.

Se miraron uno al otro durante un momento vacío y doloroso, hasta que Levana se dio cuenta de que no se había negado. Tomó una bocanada de aire y presionó.

–Encontraré un ministro y nos veremos al atardecer en la capilla del sol –Evret volvió a mirar el suelo–. Trae a tu hija, si quieres. Creo que debería estar también. Y a la niñera para que la cuide.

Se echó el cabello sobre el hombro, sintiéndose mejor por el resultado de la discusión. Con eso se resolverían tantas de sus molestas objeciones…

Sería su esposa y él ya no podría decir que no lo era.

Sería la madre de su hija.

Las habladurías se detendrían, pues nadie hablaría mal del esposo de la princesa, el cuñado de la reina.

–¿Entonces? –le dijo, retándolo a que contestara que no. Percibía la energía que lo rodeaba y estaba lista para doblegar su voluntad si se negaba. Era por su propio bien. Era la única manera de consolidar su familia. Su felicidad.

Evret terminó de calzarse la bota y se puso de pie lentamente. Su expresión ausente se había vuelto triste.

¿Triste?

No, compasiva. Se sentía apenado por ella.

Levana frunció el ceño y alzó un muro alrededor de su corazón.

–Tiene una oportunidad de encontrar el amor, princesa, el verdadero amor. No lo desperdicie conmigo. Se lo suplico.

Ella cruzó los brazos.

–Ya encontré a mi amor. Compartí mi lecho con él y esta noche será mi esposo.

Trató de sonreír, pero su confianza se desvanecía. Evret la había herido tantas veces que no quería enfrentar un rechazo ahora. No quería obligarlo a aceptar.

Pero al tiempo que lo pensaba, sabía que lo obligaría si era la única manera.

Evret se pasó la cartuchera por la cabeza. El cuchillo colgaba a un lado de su cadera y la pistola sobre el otro. Un guardia. Su guardia.

–¿Y bien? –preguntó Levana.

–¿Tengo opción?

–Claro que tienes opción –le respondió con sorna–. Es sí o no.

Levana ignoró el retortijón del estómago que le decía que estaba mintiendo. Evret no diría que no y no tendría importancia.

Sin embargo, de cualquier manera, se asombraba de lo vulnerable que se sentía conforme pasaban los segundos. No diría que no, ¿o sí? Contuvo el aliento y envió... apenas una leve ternura a sus pensamientos, solo un tibio recordatorio de que estarían juntos para siempre.

Evret se estremeció y Levana se preguntó si se habría dado cuenta de lo que estaba haciendo. Se detuvo y vio que sus hombros se relajaban.

–¿Evret? –odió la súplica en su voz–. Cásate conmigo, Evret.

Él no volvió a mirarla a los ojos cuando se marchó de su recámara.

–Como usted diga, Su Alteza.

EL MINISTRO ANUDÓ EL LISTÓN DORADO EN LA CINTURA DE LEVANA AL tiempo que explicaba el significado de su enlace, la magnitud de la ocasión. Luego avanzó hacia Evret. Tomó un segundo listón de un platillo dispuesto sobre el altar y lo anudó alrededor de su cintura. Levana miraba atentamente cómo el brillante listón se acomodaba contra su piel oscura. Un solo brazo de él era mucho más ancho que los suyos, y junto a él, sus huesos parecían como de pájaro.

–Al anudar estos listones –dijo el ministro mientras los tomaba entre los dedos y hacía primero uno y luego dos nudos–, simbolizo la unión de marido y mujer en un solo ser y un alma, en este día 27 de abril del año 109 de la Tercera Era.

Soltó los listones y el atado osciló entre ambos.

Levana miró el nudo y trató de sentirse conectada, unificada, como si su alma se hubiera unido con la de Evret, pero no sintió nada más que una ancha distancia entre ambos. Un hoyo negro de absoluto silencio.

Él apenas había dicho nada desde que llegaron a la capilla.

En la segunda fila de asientos, la bebé comenzó a quejarse. Evret se volvió hacia ella y, molesta por la distracción, Levana siguió su mirada. La niñera trataba de hacer callar a la niña, meciéndola suavemente en su regazo. Levana reconoció la manta bordada con que la habían envuelto, el pálido paisaje nevado, los mitones rojos. El trabajo de Sol. Rechinó los dientes.

–¿Quieren intercambiar anillos? –preguntó el ministro.

Levana se volvió y se dio cuenta de que ni Evret ni el ministro le prestaban ninguna atención a la niña inquieta.

Evret asintió, pero su gesto fue breve. Levana lo miró sorprendida con el rabillo del ojo. No había traído ningún anillo.

Evret giró y extendió la palma hacia los únicos invitados, aparte de la niñera y la pequeña Winter. Aquel guardia amigo suyo, Garrison Clay, que había ido con su esposa, una pelirroja insípida, y su hijo, un pequeño que se había pasado la ceremonia gateando por el pasillo.

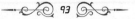

Su madre lo había llamado por lo bajo, sin éxito, así que se había rendido y se había levantado para ir a buscarlo.

Aunque su presencia indicaría que Evret se había tomado la ceremonia con alguna ligereza, Levana no podía evitar sentirse molesta por cada detalle de esa familia.

Cuando llegaron, Garrison se llevó aparte a Evret. Al parecer, discutían sobre algo y Levana estaba segura de que trataba de convencerlo de no seguir adelante.

Esa intromisión no sirvió para que Levana simpatizara con el guardia.

Pero ahora avanzó sin titubear y sacó algo de su bolsillo. Mostró en la palma dos alianzas, talladas en regolito negro y pulidas de modo que proyectaban un resplandor atractivo. Eran de lo más sencillo que Levana hubiera visto, y nunca habría imaginado que se pondría algo así. Era una alianza matrimonial hecha para la esposa de un guardia, no para la realeza.

Su corazón se detuvo. Se le llenaron los ojos de lágrimas.

Era perfecto.

Garrison no la miró cuando depositó los anillos en la mano de Evret y volvió al asiento con su familia.

—Tómense las manos y colóquense de frente para el intercambio.

Los dos giraron, casi robóticamente. Levana examinó el rostro de Evret y su belleza entibió algo del frío que sentía en los huesos. Quería decirle, en silencio, cuánto amaba su anillo; decirle que era lo único que quería. Que *él* era lo único que quería.

Posó su mirada oscura en ella.

Ella sonrió con timidez.

Él tomó aire con fuerza y abrió la boca para hablar.

Dudó y cerró la boca de nuevo.

Entonces, deslizó el anillo en su dedo y repitió lo que decía el ministro:

—Con este anillo te tomo por esposa, princesa Levana Blackburn de Luna. Desde hoy serás mi sol al amanecer y mis estrellas por la noche. Prometo amarte y cuidarte por el resto de nuestros días.

Levana se sentía temblar por dentro, llena de vértigo. Ahora podía sonreír fácilmente mientras veía la alianza en su dedo y la caída del listón dorado que los unía.

No le había parecido real en la mañana, en todo el día, esperando para saber si Evret se presentaría. Pero estaba sucediendo. Era el día de su boda. Se estaba casando con Evret Hayle.

No sabía si su cuerpo podría contener el gozo que vibraba en su interior cuando tomó la segunda alianza de Evret y se dispuso a deslizarla en su dedo.

Se detuvo.

Ya había otra alianza, casi idéntica, y tan negra que casi se desvanecía en su piel.

Alzó la mirada. Evret apretó la mandíbula:

—No me la quitaré —susurró antes de que Levana pudiera pensar en algo—, sino que las usaré juntas.

Miró de nuevo el anillo y por un momento consideró si lo obligaría a quitarse de todas formas la alianza anterior.

Pero no; así lo quería él. No haría que se la quitara.

—Desde luego —le respondió en un susurro y empujó la alianza por su dedo hasta que percibió el leve choque de los dos anillos de piedra labrada.

—Con esta alianza te tomo como mi esposo, sir Evret Hayle de Luna. Desde hoy serás mi sol al amanecer y mis estrellas por la noche. Prometo amarte y cuidarte por el resto de nuestros días.

Mientras el ministro confirmaba la ceremonia, la bebé Winter empezó a llorar con fuerza. Levana giró y vio que el niño se colgaba de los brazos de la niñera, tratando de asomarse al envoltorio de la bebita.

Evret tomó las manos de Levana entre las suyas y volvió a llamar su atención. El beso fue una sorpresa. No había escuchado que el ministro se los indicara. Pero fue un beso dulce, quizás el más dulce que le había dado, y sintió que se entibiaba hasta los dedos de los pies.

Con eso, el ministro desató los listones anudados y Evret fue suyo.

—¡DIME QUE NO ES VERDAD! —GRITÓ CHANNARY, QUE HABÍA ENTRADO A grandes zancadas en el vestidor de Levana la mañana siguiente. No llevaba encima más que cintas desgarradas que apenas cubrían lo que una mujer debe cubrirse. Tenía el aspecto de un espíritu efervescente iluminado por el resplandor de los candelabros. Un espíritu efervescente y subido de tono.

Levana no se atrevió a respirar, pues su costurera movía rápidamente la aguja y el hilo por la costura de su cintura para ajustarla. Había hecho algún comentario sobre que seguramente no estaba comiendo bien y que tenía que ganar algo de peso para conservar una buena figura, como la de su hermana mayor, y Levana la había obligado a contener la lengua. La costurera se ruborizó, avergonzada, y volvió en silencio a su trabajo. Desde entonces habían pasado dos largas horas.

—¿Que no es verdad qué? —preguntó, lanzando una mirada a su hermana, que echaba chispas.

—¡Idiota! ¿Te *casaste* con él?

—Sí. Te avisé que lo haría.

Channary produjo un gruñido de furia que salió desde el fondo de su garganta.

—Tendrás que anularlo, y pronto, antes de que toda la ciudad se entere.

—No lo haré.

—Entonces ordenaré que lo ejecuten.

—No, no lo harás —gruño Levana—. ¿A ti qué más te da? Lo amo. Lo escogí. Está hecho.

—¡Ámalo, entonces! Métalo en tu cama, si quieres, pero ¡no nos casamos con *guardias!* —Channary hizo un gesto hacia la pared, detrás de la cual estaba la ciudad de Artemisa—. ¿Sabes a cuántas familias les he prometido tu mano y a cuántas la prometió nuestro padre? Tenemos estrategias en curso. Necesitamos su apoyo. Queremos que se sientan comprometidos con nosotros como gobernantes, y para eso necesitamos formar alianzas. Así es como funciona, Levana. Es tu único papel como parte de esta familia y no dejaré que lo arruines.

—Es demasiado tarde. No lo cambiaré, y aun si lo matas, nunca me casaré para complacerte. Preferiría estar muerta.

—Eso también podría arreglarse, hermanita.

La costurera desenrolló más hilo del carrete y se arrodilló junto a los tobillos de Levana. Prudente, la mujer mantenía los ojos apartados y fingía que no escuchaba.

—Entonces ya no tendrás nada con qué negociar, así que ¿para qué molestarse? —Levana alzó la mirada y se obligó a sonreír—. Además, te traje una princesa de reemplazo para que la cases con quien quieras. Solo tienes que esperar otros dieciséis años.

—¿Otra princesa? —exclamó Channary con una risotada—. ¿Te refieres a esa niña? ¿La hija de un guardia y una costurera? ¿Crees que alguna de las familias la querría?

—¡Claro! Ahora es mi hija, lo que significa que es una princesa, tanto como si la hubiera parido yo misma. Cuando tenga edad suficiente, nadie se acordará de que tuvo otra madre ni de que Evret tuvo otra esposa.

—Me imagino que ese ha sido tu brillante plan todo este tiempo.

Levana miró a la pared sin decir nada.

—¿Siquiera has pensado en lo que harás con la mocosa?

—¿A qué te refieres con qué haré con ella?

—Espero que no tengas verdaderas intenciones de... criarla.

Levana apartó la mirada de la pared y acercó la nariz a su hermana.

—Será educada como parte de la realeza. Igual que nosotras.

—¿Con niñeras y tutores? ¿Ignorada por sus padres?

—Con todo lo que pueda desear: todo lujo, todo juguete. Además... —levantó las manos para que la modista alcanzara la costura debajo del brazo— Evret la quiere mucho, lo mismo que yo.

Era mentira y ella lo sabía; pero también pensaba que un día podría ser verdad. Ahora la niña era su hija, y siendo parte de Evret, ¿cómo no iba a quererla?

Sin embargo, lo dijo sobre todo para ver cómo el fastidio se extendía por el rostro de su hermana.

La costurera terminó de coser y Levana bajó los brazos. Sus dedos recorrieron el fino bordado del corpiño. Se sentía especialmente feliz aquel día, después de haber pasado la segunda noche seguida acurrucada contra el cuerpo de Evret. Ahora era la esposa. Aunque su vestido no revelaba ni la mitad de piel que el de su hermana, se sentía más mujer. Tenía lo que le faltaba a su hermana: una familia, alguien que la amara.

—Espero —continuó, aunque más para sí misma— que la princesita Winter tenga pronto un hermano o una hermana.

—¿Estás embarazada? —gritó Channary, girando hacia ella.

—No, todavía no. Pero no creo que demore mucho.

Lo había pensado largamente, de hecho. Cuando estaba sola, acudía con frecuencia al encanto del vientre preñado de Solstice y pasaba los dedos por la piel tensa. En realidad, no había querido tener un hijo hasta que vio a Evret cargar a su bebé y percibió la dulzura en su mirada. Era algo que ella también podía darle. Algo que podía compartir con Solstice... No: el hijo de Levana sería mejor que la de Solstice, porque tendría sangre real.

Channary frunció el ceño y cruzó los brazos por debajo del pecho.

—Así, algo bueno saldría de todo esto. Cuanto tengas un hijo que sea *realmente* tuyo, entonces, hablaremos de cuál es el mejor partido para que se case.

—Espero con ansias que llegue esa conversación, hermana.

—Entre tanto —siguió Channary—, yo por lo menos cumplo con *mi* deber de impulsar nuestro linaje sin mancharlo con matrimonios oprobiosos.

—¿Qué quieres decir?

Channary se echó el cabello por encima del hombro.

—La *princesita* Winter —dijo con tono de burla— tendrá pronto un primito.

Levana se quedó boquiabierta. Apartó a la costurera, se recogió la falda y bajó del pedestal.

—¿Tú? —lanzó una mirada al vientre de Channary, pero estaba tan plano como siempre—. ¿Desde hace cuánto?

—No estoy segura. Veré a la doctora Eliot en la tarde —resplandeciente, dio media vuelta y se encaminó a la puerta del vestidor—. Espero que sea un niño. Estoy *harta* de princesas estúpidas.

—¡Espera, Channary! —Levana comenzó a perseguirla, con mil preguntas en la cabeza. Se detuvo cuando su hermana giró para quedar frente a ella, con el rostro agitado—. ¿De quién es? ¿Es del comisario?

—¿De quién me hablas? —refunfuñó Channary.

—Del comisario Dubrovsky. ¿Él es el padre?

El rostro de Channary se llenó de altivez. Estiró una mano,

sujetó la sección a medio coser del vestido de Levana y la desgarró, con lo cual quedó al descubierto la cicatriz sobre las costillas de su hermana, antes de que pudiera usar su encanto para volverla invisible.

Sofocada, Levana se alejó, luchando por mantener la tela contra su cuerpo.

—No tengo idea de quién sea el padre —soltó Channary, y giró de nuevo para irse—. ¿No lo ves, Levana? Ese es el *punto*.

NO QUEDÓ EMBARAZADA, PESE A QUE IBA A LOS APOSENTOS DE EVRET casi todas las noches. Él y Winter se habían mudado al ala privada de la familia real en el palacio, pero al cabo de una semana Levana decidió que sería más seguro retirarse a sus propias habitaciones después de sus visitas. Tenía miedo de lo que pudiera pasar si un día Evret se despertaba antes que ella y la veía sin su encanto; además, estaba cansada de usar su don para lanzarlo a una profunda inconsciencia todas las noches.

No era exactamente el matrimonio que había soñado, pero se decía que iba a mejorar. Llevaría tiempo.

No lograba querer a la princesa Winter, que lloraba cada vez que la cargaba.

Evret se rehusó a que nadie lo llamara príncipe y hasta se empeñó en conservar su puesto como guardia de palacio, aunque Levana le dijo una y otra vez que no era necesario. Ahora pertenecía a la realeza; no tenía que volver a trabajar. Pero esto solo lo hacía irritarse, así que Levana dejó de presionarlo con el tema. Que jugara con pistolas y soldados, si eso lo hacía feliz.

Channary aumentó de volumen y se enteraron de que su bebé no era niño; pero para entonces, a Channary pareció no importarle. Resplandecía de una forma que, como Levana sabía, era lo usual entre las gestantes, aunque nunca se habría imaginado que pasaría lo mismo con su hermana. Dejaba que quien quisiera tocara su vientre expuesto, hasta la servidumbre. Incluso los alentaba. Reclamaba si alguien no se admiraba y no le decía qué madre tan hermosa iba a ser, cómo su hija llegaría a ser igual que ella, por todas las estrellas de la suerte.

Con el paso de los meses, Levana empezó a creer que había una conspiración en su contra. Circulaban rumores sobre muchas mujeres de la corte que tenían bebés. Parecía como si, de pronto, la ciudad se hubiera llenado de llantos y gritos. Cuando Levana fue a ver a la doctora Eliot en una consulta privada para preguntarle si podía hacer algo, se enteró de que incluso una pareja de científicos reales esperaba un hijo: el doctor Darnel y su esposa, especialistas del equipo de ingeniería genética. La mujer tenía el triple de la edad de Levana.

La doctora Eliot no fue de mucha ayuda. Insistió e insistió en que podría llevar tiempo saber por qué tardaba y que buscarían otro tratamiento cuando Levana fuera un poco mayor, si para entonces seguían sin tener éxito. La doctora incluso se atrevió a decirle que se relajara, que no se preocupara tanto. Ocurriría cuando tuviera que ocurrir.

Levana se sintió tentada a obligar a la exasperante doctora a clavarse un escalpelo en el ojo.

Su hermana. La vieja doctora. *Solstice.*

No podía haber nada malo con Evret. Entonces, ¿qué había de malo en *ella*?

Su único consuelo era que, como resultado del estado de Channary y de su exagerada necesidad de ser mimada, la reina descuidaba sus obligaciones reales con más y más frecuencia. Pasaban días sin que se apersonara en la corte y enviaba a Levana a que tomara su lugar en incontables reuniones. A pesar de que fastidiaba a su hermana con el tema una y otra vez, en realidad no le importaba: Levana estaba fascinada con la política y con el funcionamiento interno de su sistema. Quería saberlo todo, deseaba acaparar todo el poder que pudiera, y la ausencia de su hermana le daba la oportunidad perfecta para lograr ese objetivo.

Entonces, el día 21 de diciembre del año 109 de la Tercera Era, la reina Channary dio a luz una niña. Recibió oficialmente el nombre de princesa Selene Channary Jannali Blackburn de Luna, pero todos, excepto los libros de historia, olvidaron de inmediato lo que venía después de Selene. Las celebraciones en la ciudad e incluso en los sectores periféricos se prolongaron desenfrenadamente por una semana.

La estirpe real continuaría.

El trono lunar tenía una heredera.

—ME GUSTA EL FOLLAJE PLATEADO, ¿A TI NO, HERMANITA?

Levana apartó la vista de la bebé, que yacía en una colcha bordada en el centro de la habitación, como si fuera una guardería y no una junta real para hablar de la celebración del próximo aniversario de la nación. Había diseñadores, floristas, decoradores, pasteleros, cocineros y artesanos de pie contra la negra pared del salón, a la espera de dar su opinión y ofrecer su consejo experto. Levana necesitó un momento para entender que su hermana le preguntaba sobre dos enormes ramos, casi idénticos, salvo porque uno tenía

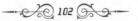

entremezcladas algunas hojas rizadas y plateadas, mientras que el otro tenía vibrantes hojas verde esmeralda.

–Plateado –dijo–. Sí, es muy bonito.

–De hecho, pongan más –dijo Channary, apoyando un dedo en sus labios, pensativa–. Quiero que el salón brille. ¿Me escuchan todos? –alzó la voz–. Que brille, que destelle. Quiero que todas las superficies resplandezcan. Quiero que todos los invitados se deslumbren. Quiero tener la reputación de ofrecer las mejores fiestas que haya visto esta ciudad. Quiero que las recuerden durante *generaciones*. ¿Está claro?

Por todos lados hubo gestos de asentimiento, pero Channary ya había dejado de prestarles atención para concentrase en los demás artículos que tenía enfrente. Fuentes de postres diminutos y cocteles con pequeños cubos de hielo, cada uno labrado con la forma de la corona real.

–No, no. Nada de esto es suficientemente bueno –Channary tomó una bandeja de aperitivos y la lanzó contra la pared. Todos se crisparon–. Les dije que quiero que resplandezca, ¿es tan difícil de entender? ¿Acaso todos están ciegos?

Nadie señaló que no les habían dicho nada antes. Desde luego, tenían que haberlo sabido desde antes de la junta, como es natural.

Levana sacudía la cabeza a espaldas de su hermana.

La bebé comenzó a llorar.

Channary se dio vuelta y sacudió el brazo en dirección de Levana.

–Carga a la niña.

–¿Yo? ¿Y por qué yo? ¿Dónde está su niñera?

–¡Oh, por todas las estrellas! ¡Solo quiere que la carguen!

Channary comenzó a toser. Se apartó apresuradamente y tosió contra su codo, de la manera más elegante que pudo. A Levana le parecía que últimamente tosía demasiado –semanas, si no es que meses–, y aunque Channary insistía en que no se trataba más que de un virus temporal, no se veía que desapareciera.

Un sirviente se apresuró con un vaso de agua, pero Channary lo tomó y lo lanzó contra la pared. El cristal se estrelló contra la piedra mientras Channary salía apresuradamente del salón sin dejar de toser.

El llanto de la bebé se hizo más intenso. Levana se acercó, titubeante.

Detrás de ella, alguien dio unas palmadas.

–Vamos a suspender por hoy –dijo uno de los organizadores de la fiesta, encaminando a los artesanos a la salida–. Vuelvan mañana con su trabajo mejorado.

Levana se inclinó sobre la niña durante un instante lleno de terror. Miraba cómo su rostro se enrojecía y contraía, cómo sus brazos regordetes se retorcían sobre la manta. Sus mechones de pelo castaño oscuro se enroscaban en todas direcciones.

Aunque la niña tenía ya siete meses y todos los días daba muestras de que estaba a punto de empezar a gatear, Levana todavía podía contar con los dedos de una sola mano las veces que había cargado a su sobrina. Siempre había alguien que se hiciera cargo de la bebé y, al igual que Winter, esta niña no parecía simpatizar nada con ella.

Bufando, se puso rígida y se inclinó para alzar a la bebé con todo cuidado. Se incorporó y acomodó a la niña en su brazo doblado, haciendo lo mejor que pudo por arrullarla con palabras tranquilizadoras, pero el llanto no cesaba. La niña agitaba los puños en el aire y golpeaba a Levana en el pecho.

Con un suspiro de fastidio, se paseó por la sala antes de asomarse al balcón que dominaba el lago Artemisa. Alcanzaba a ver a miembros de la corte paseando por los frondosos jardines del palacio y a algunos aristócratas en botes sobre la superficie del lago. En el cielo, la Tierra estaba casi llena. Enorme, azul y blanca, imponente en el paisaje estrellado.

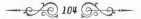

Una vez convenció a Evret de que la acompañara a pasear en bote, pero pasó todo el tiempo deseando volver a casa con Winter, repitiendo lo rápido que crecía y especulando sobre cuál sería su primera palabra.

Le parecía que había pasado mucho tiempo desde aquella ocasión.

Por cierto, hacía mucho tiempo que no habían hecho nada juntos.

Mientras mecía a la pequeña Selene con todo cuidado, examinaba el rostro de la futura reina. Se preguntaba si, al crecer, esta niña sería tan mimada e ignorante como su madre, que se interesaba más por los arreglos florales que por las medidas políticas.

—Yo sería mejor reina que tu madre —murmuró—. Sería mejor reina que tú.

La bebé seguía gimiendo, malcriada y estúpida.

Pero de cualquier forma no tenía sentido planteárselo: Channary era la reina y Selene su heredera. Levana era una princesa, con un marido guardia y una hija sin sangre real.

—Podría dejarte caer por este balcón, ¿ves? —le dijo, canturreando las palabras con suavidad—. No podrías hacer nada.

La bebé no respondió a la amenaza.

—Podría *obligarte* a dejar de llorar. ¿Eso te gustaría?

Era una idea tentadora, y Levana apenas consiguió reprimirla. Se suponía que no manipulaban a los niños pequeños porque en estudios científicos se había observado que una manipulación excesiva cuando eran tan jóvenes e impresionables podía alterar la conformación del cerebro.

Levana comenzaba a preguntarse cuánto daño podía hacer un momentito de silencio, cuando escuchó los tacones de su hermana sobre el piso del salón de juntas.

Al darse vuelta vio que Channary trataba de esconder la violencia del acceso de tos que había sufrido. Hizo una entrada enérgica, con

la espalda recta y la mirada implacable; la cabellera castaña oscilaba sobre sus hombros, pero el rostro se veía enrojecido y una capa delgada de sudor perlaba el labio superior.

Sin más, le arrancó a la bebé de los brazos. No le dio las gracias.

—¿Estás bien? —preguntó Levana—. No estás muriendo, ¿verdad?

Channary la miró con fiereza y se alejó sin dedicar ni un instante a admirar el paisaje. Mientras se dirigía al salón, comenzó a ceder el llanto de la niña, que puso las manitas sobre el rostro de su madre.

A Levana se le ocurrió que quizás a los bebés no les afectaba el encanto y que la detestaban porque podían ver cómo era por debajo.

—Tienes esa tos desde hace mucho. Tal vez deberías ver a la doctora Eliot.

—No seas ridícula. Soy la reina —le dijo Channary, como si con esto bastara para defenderse de enfermedades—. Aunque, hablando de doctores, ¿te enteraste de lo de la pareja de bioingeniería?

Tomó un biberón de una bolsa y se lo puso a la niña en la boca. Levana se asombraba siempre que era testigo de este gesto de afecto maternal de su hermana, a la que solo había conocido como una muchacha cruel y egoísta. Estaba segura de que la madre de ambas nunca las había alimentado. Se preguntaba qué impulsaba a Channary a hacerlo, cuando había tantos sirvientes a su disposición.

—¿Qué doctores?

—Los que tuvieron un bebé. Darnel, me parece... el hombre es... cielos: anciano. De unos sesenta.

Levana apretó los dientes.

—Sí, me enteré de que esperaban un bebé.

—Bueno, terminaron de esperar y el bebé es vacío.

Levana abrió mucho los ojos y se llevó una mano a la boca. Fingía horror pero, sobre todo, quería esconder el momento de regocijo que amenazaba con salir a la superficie.

–¿Vacío?

–Ajá. Creo que fue niña. La taumaturga fue a recogerla ayer para... –Channary suspiró, como si fuera demasiado extenuante recordar todos los molestos detalles–, lo que sea para lo que esos científicos utilicen a los vacíos.

–Plaquetas. Para buscar un antídoto contra la enfermedad.

–Sí, así es. ¿Cómo te acuerdas de tanto?

Levana frunció el ceño y miró a la bebé, que ahora se encontraba en un estado de estupor satisfecho, succionando el chupón del biberón. Volteó hacia el balcón para ver de nuevo la Tierra, el lago, las parejas felices.

–Un vacío –murmuró–. Qué *vergüenza*.

–Me he dado cuenta de que no engordas nada –le dijo Channary aproximándose a ella en el balcón–. A menos que nos lo ocultes con tu encanto.

Levana apretó la mandíbula y no respondió.

–Cuéntame, ¿cómo va la dicha matrimonial por estos días? Hace mucho que no te oigo hablar y hablar de cuánto *amas* a tu marido. Extraño esos días.

–Estamos bien, gracias –contestó Levana, y al darse cuenta de lo mal que sonaba, agregó–: Estamos muy contentos juntos.

Con un bufido, Channary se apoyó en el barandal.

–Mentiras, mentiras. Aunque no sabría decir si me mientes a mí o a ti misma.

–No es mentira. Evret es lo que siempre quise.

–Qué pintoresco. La verdad, pensaba que apuntarías un poco... más arriba.

La atención de Channary se desvió hacia el orbe azul y blanco que colgaba del cielo.

–¿Qué quieres decir?

—Últimamente he pensado más en la política terrestre, aunque debo admitir que contra mi voluntad. Es imposible no hacerlo cuando las familias no paran de hablar de esta guerra biológica que planean. Es agotador.

—Eres un modelo de paciencia —le contestó Levana, impávida.

—Bueno, he estado viendo fotos de la familia real de la Comunidad Oriental y... me siento intrigada.

Trató de quitarle el biberón a la niña, pero Selene se quejó y lo jaló para metérselo de nuevo en le boca.

—¿La familia real? ¿Acaso el príncipe no es un niño?

—Sí, un niño que todavía no camina —Channary se inclinó hacia su hija y le acomodó el cabello con la nariz—. Al principio, fíjate, pensé que podría ser un partido perfecto para mi pequeña —continuó y levantó la cabeza—. Pero luego pensé, vaya, creo que yo también podría casarme. Y el emperador es bastante guapo. De hombros anchos, siempre bien vestido, aunque algo blando, como todos los terrícolas, ya sabes.

—Desafortunadamente, creo ya está casado.

Channary bufó y Selene por fin soltó el biberón: había terminado.

—Siempre pesimista, hermanita. Quizá no vaya a estar casado para *siempre* —dijo con una mueca y se puso a la bebé sobre un hombro para que eructara, aunque no tenía nada que protegiera su vestido fino—. Solo es algo en lo que he pensado. Desde luego que no planeo ningún asesinato. No *todavía*, pero... en fin. He oído que la Tierra es agradable en esta época del año.

—Creo que es agradable todo el año, dependiendo del hemisferio.

—¿Qué es un hemisferio? —preguntó Channary, alzando una ceja.

Levana sacudió la cabeza, suspirando.

—No importa. Esa niña te va a babear todo el vestido, ¿sabes?

—Ah, sí. Ya no me gusta. De hecho, estoy harta de todos. Ya no me queda nada de mi guardarropa y sé que empeorará si vuelvo a embarazarme. Será un trabajo de tiempo completo para mi costurera. He pensado que podría mandar que le corten los pies, para que no tenga nada mejor que hacer.

Sus ojos refulgieron, como si fuera un chiste.

Pero Levana había visto ese brillo antes, así que no estaba tan segura de que Channary solo bromeara.

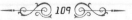

LA REINA CHANNARY BLACKBURN DE LUNA NO TUVO LA OPORTUNIDAD de ver que asesinaran a la emperatriz de la Tierra. No se casó con el emperador Rikan ni tampoco vio crecer a su hija para casarse con un príncipe.

Cinco meses después de aquella conversación, en efecto ordenó que le removieran quirúrgicamente los pies a su costurera, pero la mujer aún no se recuperaba para poder volver al trabajo, cuando ya no fue necesario.

A la edad de veinticinco años, la reina Channary murió de envenenamiento pulmonar por regolito. Era una enfermedad que afectaba a quienes vivían en los sectores periféricos, debido a que pasaban la vida respirando el polvo de las cavernas lunares, pero resultaba tan inaudito entre los aristócratas —y desde luego en la familia real— que los médicos nunca habían contemplado esa posibilidad, ni siquiera cuando Channary finalmente cedió y fue a hablar con la doctora Eliot sobre su tos persistente.

El misterio nunca se resolvió, pero Levana tenía la teoría de que su hermana se escapaba a hurtadillas a las cuevas subterráneas de regolito para alguna de sus citas románticas.

El funeral fue como el de sus padres y los sentimientos de Levana también fueron bastante parecidos.

La princesa Winter y la princesa Selene asistieron vestidas con atuendos reales adecuados a su estatura. Selene, que ya tenía un año, recibió besos de multitud de desconocidos. Pero de las dos, fue Winter la que recibió más elogios. Era una niña muy bonita y Evret tenía razón: cada día se parecía más a su madre.

Evret se ofreció a custodiar el féretro de la reina en su recorrido por las calles de camino a su sepultura en el cráter, afuera de los domos. Levana le pidió que no lo hiciera. Tenía la esperanza de que aceptara quedarse a su lado, de que fuera su marido. Pero no funcionó. Para él, su deber estaba primero.

El niño de sir Clay también estaba ahí, de casi cuatro años y tan rubio y pálido como siempre. Trató de enseñar a las niñas de pies inseguros a jugar a las escondidas entre los asientos de la capilla, pero eran demasiado pequeñas para entender el juego.

Levana fingió llorar. Se le asignó el papel de reina regente hasta que su sobrina cumpliera trece años, momento en el cual asumiría el trono.

Doce años.

Levana sería reina durante doce años.

Tuvo que hacer un gran esfuerzo para no sonreír antes de que terminara el funeral.

–HADDON, EL TAUMATURGO MAYOR, SE RETIRA A FINALES DE MES –ANUNCIÓ el venerable Annotel mientras caminaba al paso de Levana rumbo a la reunión de la corte–. ¿Ha pensado a quién podría designar para que lo reemplace?

—He pensado en recomendar a Sybil Mira.

Annotel la miró de reojo.

—Una elección *interesante*. Extremadamente joven... Las familias suponían que usted podría estar pensando en el taumaturgo Par...

—Sybil ha cumplido de manera sobresaliente las responsabilidades que se le han asignado para reunir niños vacíos.

—Oh, sin duda. Es muy capaz. Pero su inexperiencia...

—Y me parece que se ha ganado el segundo rango en importancia con solo diecinueve años de edad. La más joven de la historia. ¿No es verdad?

—Yo... no estoy totalmente seguro.

—Bien: aprecio su ambición. Está motivada, y eso me gusta. Me recuerda a mí.

Annotel frunció los labios. No supo qué agregar cuando Levana hizo la comparación.

—Estoy seguro de que es una sabia elección —señaló—. Si esa es su decisión final, creo que las familias la aprobarán.

—Ya veremos. Aún tengo un mes para considerarlo —sonrió, pero en ese momento vio a Evret al fondo del corredor. Era parte de la guardia que esperaba afuera del salón de audiencias. Al verlo, sintió que se desmoralizaba; sin importar la confianza en sí misma que había ganado en su papel de reina regente, cada vez que sus ojos se topaban con su esposo volvía a sentirse como la misma chica enamorada de dieciséis años.

Esperó que le sonriera al pasar, pero Evret no la miró cuando ella y su compañero abrieron las puertas.

Humedeciéndose los labios, Levana entró.

Al tiempo que las puertas se cerraban, los representantes de las familias se pusieron de pie.

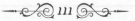

Levana se acercó al estrado donde se encontraba el trono.

El trono de la reina.

Este salón del palacio era uno de sus favoritos, y su aprecio por él se había incrementado de manera drástica en el momento en que se sentó por primera vez en la magnífica silla. La sala brillaba y titilaba, toda de cristal y piedra blanca. Desde su posición pudo ver a todos los miembros de la corte a su alrededor, el elaborado piso de baldosas, y, justo al otro lado, la magnífica vista del lago Artemisa y la ciudad blanca.

Sentada allí, Levana realmente se sintió como la soberana de Luna.

—Tomen asiento.

Las sillas seguían moviéndose cuando ella enderezó la espalda e hizo un gesto pausado al taumaturgo mayor Haddon.

—Puede proceder.

—Gracias, Su Alteza. Me complace reportar que su experimento con los horarios de trabajo estrictos en los sectores exteriores está funcionando bien.

—Oh —Levana no se sorprendió, pero fingió estarlo. Hacía unos pocos meses había leído un reporte acerca de cómo se habían desplomado la eficiencia y la productividad por falta de pausas programadas. Ella sugirió que en los domos de manufactura se hicieran sonar campanadas a intervalos regulares para recordar a los trabajadores que debían tomar descansos obligatorios, y luego extender la jornada laboral para cubrir el tiempo perdido. Al principio la estrategia no convenció a la corte, preocupada por que fuera a resultar muy difícil imponer un incremento tan drástico en la jornada laboral y porque la gente ya se quejaba a causa del trabajo excesivo en los sectores exteriores.

Pero Levana insistió en que con este nuevo horario los días, de hecho, transcurrirían *más rápido* y la solución beneficiaría a todos, en particular a los trabajadores.

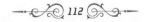

—La productividad aumentó ocho por ciento en los tres sectores en que hemos aplicado el cambio, aparentemente sin pérdida de calidad —continuó Haddon.

—Me complace escucharlo.

Haddon leyó los reportes. Le presentó cifras del exitoso aumento del comercio entre sectores, y expresó lo encantadas que estaban las familias de Artemisa con las nuevas delicias artesanales que Levana había comisionado para su ciudad. Más aún: los equipos de investigación estaban logrando avances importantes tanto con el ejército genéticamente modificado como con la enfermedad bioquímica, y reportaban que el virus podría estar listo para enviarlo a la Tierra en el curso de los siguientes dieciocho meses.

Nadie lo dijo, pero Levana se dio cuenta de que la corte estaba complacida por la forma en que había cubierto el lugar de su hermana y superado ampliamente el ejemplo de Channary, e incluso el de sus padres. Ella era la reina que Luna había estado esperando, y desde que había tomado el poder, la ciudad estaba prosperando, los sectores externos estaban creciendo; todo era exactamente como Levana sabía que debía ser.

—Estamos planeando extender el programa laboral al resto de los sectores manufactureros en los próximos meses —prosiguió Haddon—. Presentaré reportes periódicos de los avances. Dicho lo anterior, me temo que hemos observado algunos… posibles inconvenientes.

—¿Y estos serían…? —preguntó Levana, ladeando la cabeza.

—Con tantas pausas durante la jornada laboral, los civiles tienen más oportunidad de socializar, y hemos notado que esas interacciones continúan aun después de que termina su horario de trabajo.

—¿Y eso es un problema?

—Bueno… quizá no, Su Alteza.

—En el pasado ha habido preocupación por la posibilidad de que surjan disturbios cuando la gente pasa demasiado tiempo ociosa y… se le ocurren *ideas* –intervino Annotel.

—¿Disturbios? ¿Qué motivos podría tener mi gente para sentirse infeliz? –preguntó Levana, con una sonrisa.

—Ninguno, desde luego, Su Alteza –respondió Haddon–. Pero me pregunto si ya nos hemos recuperado por completo de los asesinatos de sus padres. Es solo que siempre hay algunas… manzanas podridas en los sectores externos. Detestaríamos brindarles demasiado tiempo como para que pudieran influir en los demás.

Levana entrelazó las manos sobre su regazo.

—Aunque no puedo imaginar que a la gente se le ocurra estar inconforme con nuestro reinado, admito que su argumento es válido. ¿Por qué no establecemos un toque de queda después del horario de trabajo? Demos a la gente tiempo para irse a casa y que se quede allí. De cualquier forma, es la hora de estar con la familia.

—¿Tenemos el personal para hacer que eso se cumpla? –preguntó uno de los nobles.

—No creo –respondió Haddon–. Calculo que necesitaríamos incrementar un cuarenta por ciento el número de guardias en los sectores.

—Bien, entonces contraten más guardias.

Hubo un intercambio de miradas de un lado a otro del salón, pero nadie rebatió la simplicidad de la solución.

—Por supuesto, Su Alteza. Nos encargaremos de que así se haga.

—Bien. ¿Mencionó que había otro problema?

—No es un problema inmediato, pero todas nuestras proyecciones muestran que este volumen de producción es insostenible a largo plazo. Si mantenemos este ritmo, agotaremos nuestros recursos. La extensión de terrenos adaptados que tenemos está trabajando casi al límite de su capacidad.

—Recursos —Levana arrastró la palabra—. Me está diciendo que no podemos hacer que nuestra economía siga creciendo porque vivimos en una *roca*.

—Es desalentador, pero es la verdad. La única forma que tenemos de mantener esta producción es restableciendo nuestros acuerdos comerciales con la Tierra.

—La Tierra no hará negocios con nosotros. ¿No entiendes que esa es la finalidad de desarrollar la enfermedad y el antídoto de los que hablamos en cada reunión? Hasta que los consigamos no podemos ofrecer a los terrícolas nada que no tengan ya.

—Tenemos tierras, Su Alteza.

Levana enfureció. Aunque la voz de Haddon no titubeó, pudo ver vacilación en sus ojos. Y con justa razón.

—Tierras —repitió ella.

—Todos los sectores juntos ocupan apenas una fracción de la superficie total de Luna. Hay una gran cantidad de bienes inmuebles de baja gravedad que podrían ser muy valiosos para los terrícolas. Podrían construir puertos espaciales que les ahorraran combustible y energía en sus viajes y exploraciones. Eso es lo que podemos ofrecerles. El mismo acuerdo con que se fundó la colonia lunar.

—Definitivamente no. No permitiré que volvamos a tener la categoría política de una colonia. No dependeré de la Unión Terrestre.

—Su Alteza…

—La discusión se acabó. Cuando tenga otra sugerencia sobre cómo resolver el problema de la escasez de recursos, estaré dispuesta a escucharla. ¿Qué sigue?

La reunión continuó con suficiente cortesía, pero en la corte había surgido una tensión que nunca se disolvió por completo. Levana trató de ignorarla.

Ella era la reina que Luna había estado esperando; también resolvería este problema, por su gente, por su nación, por su trono.

–TE LO DIJE: SOY BUENA PARA ESTO –AFIRMÓ LEVANA, CAMINANDO DE un lado a otro de la recámara.

–Estoy seguro de que así es –respondió Evret, riendo al tiempo que Winter le llevaba un par de zapatos de Levana del vestidor–. Gracias, querida –dijo, poniendo los zapatos a un lado. Feliz, Winter volvió rápidamente al vestidor. Evret alzó la mirada, sonriente–. Hacía mucho tiempo que no te veía tan feliz.

Levana no se había *sentido* tan feliz en mucho tiempo.

–Nunca he sido buena en algo. Channary era la mejor bailarina, la mejor cantante, la mejor manipuladora, la mejor para todo. Pero, ¡ja!, yo soy mejor reina, y todos lo saben.

La sonrisa de Evret vaciló. Sabía que le incomodaba que se hablara mal de alguien muerto, pero no le importó. Había pasado casi un año desde la muerte de Channary, y a ella le había parecido que incluso un día de luto había sido demasiado. Sospechaba que la pobre costurera que no volvería a caminar estaría de acuerdo con ella.

Winter volvió corriendo y le entregó a su padre otro par de zapatos. Él le dio palmaditas en la cabeza; su cabello había crecido hasta formar rizos alborotados que rodeaban su cara.

–Gracias.

Volvió a alejarse dando saltos.

–Y la gente. Creo que realmente empiezan a amarme.

–¿*Amarte*?

Levana se detuvo, sorprendida por el tono de burla.

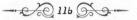

La sonrisa de Evret se desvaneció rápidamente, como si se hubiera percatado demasiado tarde de su mofa.

—Cariño —dijo, utilizando una expresión que había incorporado hacía poco a su matrimonio; servía para hacer que su corazón se acelerara y para que se preguntara si acaso era un recurso para no llamarla *Solstice* por accidente—, sin duda eres una buena reina y estás haciendo grandes cosas por Artemisa. Pero *la gente* no te conoce. ¿Alguna vez has ido a los sectores exteriores?

—Claro que no; soy la reina. Tengo gente que va y me informa.

—Eres la reina regente —corrigió él. Levana se sobresaltó: había comenzado a detestar la palabra *regente*—. Y aunque estoy seguro de que los reportes que recibes son muy acertados, eso no permite que la gente te conozca *a ti*, a su soberana. No pueden amar a una extraña. *Gracias*, Winter. Además, cada vez que haces tus transmisiones de noticias, tú... —ella entrecerró los ojos, expectante—. Es solo que... nunca muestras tu rostro cuando te graban. Tú sabes, ya empezaron a circular rumores. La gente piensa que estás ocultando algo. El amor empieza con la confianza, y la confianza no se puede ganar si la gente piensa que escondes algo.

—El encanto no funciona a través del video. Tú lo sabes. Todo el mundo lo sabe.

—Entonces no les muestres tu encanto —hizo un gesto señalando su rostro—. ¿Por qué no ser tú misma? Te admirarían por ello.

—¿Cómo lo sabes? ¡Jamás me has visto!

Por un momento se quedó desconcertado y sus ojos oscuros parpadearon varias veces. Winter también se quedó inmóvil en la entrada, llevando otro par de zapatos relucientes.

Evret se aclaró la garganta.

—Tienes razón, pero ¿quién tiene la culpa?

—Papá —dijo Winter, alzando la cabeza—. ¿Por qué grita Madre?

Levana entrecerró los ojos con fastidio. Así había sido desde el día en que Winter había comenzado a hablar: únicamente se dirigía a su padre. Levana era una mera espectadora, una madre solo de nombre.

—Por nada, preciosa. ¿Por qué no te vas a jugar con tus muñecas? —Evret empujó a Winter hacia la sala de juegos, se levantó y se sirvió un trago de una pequeña bandeja sobre la mesa de noche—. Sabes que has sido mi esposa por más de tres años —dijo mientras miraba el líquido ambarino salpicar los cubos de hielo—. No he peleado contigo. No me he marchado. Pero estoy empezando a preguntarme si esto se convertirá algún día en un verdadero matrimonio, o si planeas seguir con esta mentira hasta que alguno de los dos muera.

El diafragma de Levana se contrajo de manera inesperada, advirtiéndole que podría llorar, mostrándole que esas palabras dolían más de lo que ella admitía en la superficie.

—¿Piensas que nuestro matrimonio es una mentira?

—Como acabas de decir, ni siquiera yo he visto tu verdadero aspecto.

—¿Y eso es lo importante para ti? ¿Que yo sea hermosa, como lo era *ella*?

—Estrellas en lo alto, Levana —apoyó el vaso con fuerza sobre la mesa, sin tomar un trago—. *Tú* eres quien se hace pasar por ella. *Tú* eres quien se oculta. Yo nunca he querido eso. ¿A qué le temes, exactamente?

—¡A que nunca vuelvas a mirarme! Créeme, Evret: jamás volverías a verme de la misma manera.

—¿Crees que soy tan superficial? ¿Que me importa cómo te ves debajo de tu encanto?

—No sabes lo que estás pidiendo —dijo ella, dándole la espalda.

—Me parece que sí. Lo sé: hay cicatrices, quemaduras de algún tipo. He escuchado los rumores —Levana hizo una mueca—. Y sé que

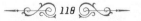

tu hermana dijo que eras fea desde que eras una bebé, y yo apenas puedo imaginar el daño que eso le hace a una persona. Pero… Levana… –suspirando, Evret se acercó a ella por detrás y le puso sus manos cálidas sobre los hombros– yo tuve una esposa con quien podía hablar de cualquier cosa. En quien confiaba totalmente. Creo que si tú y yo vamos a hacer que esto funcione necesitamos *tratar* al menos de conseguir eso. Pero nunca sucederá si todo el tiempo vas a esconderte de mí.

–Jamás sucederá si insistes constantemente en compararme con *ella* –siseó Levana.

Él la hizo girar para mirarla de frente.

–Tú misma te comparas con ella –tomó su rostro entre sus manos–. Déjame verte. Déjame juzgar por mí mismo qué puedo asimilar –hizo un gesto hacia la ventana–; deja que la gente juzgue *por sí misma*.

Levana tragó saliva, asustada al darse cuenta de que lo estaba considerando.

¿Era verdad que él nunca podría conocerla, confiar en ella, *amarla*, mientras se escondiera detrás de ese encanto de belleza y perfección?

–No, no puedo hacerlo –murmuró al tiempo que se soltaba. Bajó los ojos y un momento después dejó caer sus manos.

–Tal vez tengas razón acerca de la gente. No: tienes razón; preparé una gira por los sectores externos. Dejaré que me vean.

–Que vean tu encanto, querrás decir.

Levana rechinó los dientes.

–*A mí*. Eso es todo lo que importa, así que, por favor, no vuelvas a pedírmelo –sacudiendo la cabeza, él regresó a su bebida–. Confía en mí; es mejor así. *Yo* estoy mejor así –afirmó Levana, enfática, aunque su vista se nublaba.

—Ese es el problema —respondió él, incapaz de mirarla mientras bebía un sorbo—. *No* confío en ti. Ni siquiera sé cómo empezar a hacerlo.

LA IDEA SE LE FUE OCURRIENDO LENTAMENTE. AL PRINCIPIO ERA SOLO una horrible fantasía culposa. No existía Selene. Channary había muerto, sola y sin descendencia. Levana ya era la verdadera reina.

Luego, un día, mientras miraba a Winter y Selene jugar con cubos en el piso de la guardería, balbuceando en un leguaje que solo ellas entendían, Levana tuvo la fantasía de que Selene moría.

Se llevaba uno de esos cubos a la boca y se ahogaba.

Resbalaba en la tina del baño y su niñera estaba demasiado distraída para darse cuenta.

Tropezaba con pies inseguros y rodaba por los duros escalones del palacio.

Primero las fantasías le causaron repulsión, sobre todo porque se trataba de una niña inocente, de grandes ojos cafés y cabello castaño, con demasiada frecuencia despeinado; pero se decía que solo eran eso, fantasías. No causaba ningún daño imaginar que algún error inocente provocaba la muerte de la niña, el luto nacional y la coronación de Levana como reina de una vez y para siempre.

Con el tiempo, las fantasías se hicieron más violentas.

En un arranque de ira, la niñera arrojaba a Selene por el balcón.

O, en vez de tropezar con sus propios pies, algún niño celoso de la aristocracia la empujaba por las escaleras.

O un vacío resentido se infiltraba en el palacio y la apuñalaba dieciséis veces en el pecho.

Aunque Levana empezó a asustarse de sus propios pensamientos, podía escucharse a sí misma justificándolos.

Ella era una excelente reina. Luna estaba mejor con ella, no con una niña ignorante y malcriada que sería una mocosa mimada y egocéntrica para cuando ascendiera al trono.

Cuando Selene cumpliera trece años, la transición sería verdaderamente difícil y confusa para la gente. Necesitarían años para retomar el rumbo.

Channary había sido una gobernante terrible. Sin duda su hija sería igual.

Nadie amaba esta nación tanto como Levana. *Nadie.*

Ella merecía ser la reina.

Como nunca había odiado realmente a la niña, creyó que su razonamiento era práctico. Sus pensamientos no provenían de la envidia o el resentimiento. Se trataba del bienestar de Luna. De la prosperidad de todos.

Los meses transcurrieron y se descubrió analizando los pocos momentos que pasaba con su sobrina en busca de debilidades.

Preguntándose cómo lo haría si se presentaba la oportunidad.

Preguntándose si podría quedar impune.

Levana no se dio cuenta de que estaba urdiendo un plan hasta que lo había esbozado a medias.

Era lo correcto. La única alternativa de una reina preocupada.

Era un sacrificio y una carga que no podía dejar a nadie más.

Escogió el día casi sin darse cuenta de que lo había hecho.

La oportunidad se presentó de manera muy clara. Su imaginación se encendió. Fue como si algún fantasma invisible le estuviera susurrando la sugerencia al oído, convenciéndola de aprovechar la oportunidad, que podría no repetirse.

Aquel día Winter tenía una cita con la doctora Eliot.

Levana se aseguraría de ser ella quien recogiera a Winter de la guardería. Enviaría a Evret a ocuparse de otro asunto. La niñera estaría allí. Al parecer había una nueva nana a quien la gente aún no conocía bien y podría no ser totalmente digna de confianza. Levana la presionaría, se aseguraría de que pareciera un accidente. Ella...

¿Ella qué?

Esta era la parte que Levana todavía no había resuelto.

¿Cómo matar a una niña?

Había demasiadas posibilidades, pero cada una la hacía sentir como un monstruo solo de considerarlo. Al principio intentó pensar en cómo asegurarse de que la niña no sufriera.

No deseaba causarle dolor; solo la quería muerta. Algo que acabara pronto.

Tiempo después, en el tercer cumpleaños de Selene, decidieron organizar una fiesta. Algo íntimo. Había sido idea de Evret, y Levana estaba tan encantada de verlo con deseos de planear algo como familia que no se opuso. Solo serían ellos dos, y la pequeña Winter, desde luego, y la familia Clay, como de costumbre.

Todos se reunieron en la guardería del palacio, bebieron vino y rieron como gente normal, como si no hubiera nada extraño en esta convivencia entre realeza y guardias. Los niños jugaban y la esposa de Garrison obsequió a Selene una muñeca de trapo que ella había hecho y el reportero del palacio llevó un pequeño pastel en forma de corona. En cada una de las puntas había una diminuta vela plateada.

Evret trató de mostrarle a Selene cómo soplar las velas mientras la cera escurría sobre el glaseado. Winter también quería participar en la celebración, y la saliva de la niña se esparció sobre el hermoso pastel antes de que el joven Jacin Clay se enfadara y apagara las velas. Todos rieron y aplaudieron. Levana observó cómo ascendían las volutas de humo negro y supo cómo lo haría.

Le haría a la niña lo que Channary le había hecho a ella.

Ven, hermanita. Quiero mostrarte algo.

Solo que, a diferencia de Channary, *ella* tendría misericordia. No obligaría a la niña a seguir viviendo.

PERMANECIÓ EN LA ENTRADA DE LA GUARDERÍA, ESCUCHANDO A LAS niñas reír en su casita de juegos. La habían cubierto con frazadas de la cama de Evret para tener mayor privacidad. Desde allí, Levana pudo ver las elaboradas flores de manzano bordadas en las orillas de una de las frazadas, y le sorprendió descubrir que, a pesar de todas las veces que se había deslizado en la cama de Evret, nunca había notado esos diseños.

Esa manta no había sido encargada para el palacio, lo que significaba que Evret la había conservado de su matrimonio anterior, y había mantenido escondida esa parte secreta de Solstice durante años.

Al percatarse de que estaba jugueteando nerviosamente con su anillo de bodas, Levana dejó caer la manos a los lados.

Dentro de la casita de juegos, Winter dijo algo acerca de ser una princesa en la torre, pero luego todo se disolvió entre disparates infantiles y risas que Levana no pudo entender.

Todo terminaría después de hoy, y saberlo era un alivio. Podría dejar de pensar en la princesa que algún día crecería y le quitaría todo. Ya no se sentiría atormentada por el fantasma de su hermana y el legado que había dejado.

Después de hoy, toda Luna sería suya.

Había pensado que, al final, podría decidir no llevarse a Winter y dejar que el fuego acabara con las dos.

Entonces Evret también sería totalmente suyo. Pero pensó en el hombre vacío que Evret había sido en los meses posteriores a la muerte de su esposa. No soportaría ver aquello de nuevo.

—Oh, disculpe. ¿Está…? —Levana se dio vuelta y la chica retrocedió boquiabierta antes de hacer una reverencia apresurada—. Perdón, Su Majestad. No la reconocí.

La chica no era muy agraciada; tenía el cabello lacio y una nariz demasiado grande para su rostro. Pero había en ella una delicadeza que, pensó Levana, podría resultar atractiva para alguien, y una gracia cortesana que correspondía a alguien que había sido contratado para criar a la próxima reina.

—Tú debes de ser la nueva niñera —dijo Levana.

—S-sí, reina mía. Es un gran honor estar en su presencia.

—Yo no soy la reina —dijo Levana, paladeando su propia amargura—. Simplemente estoy cuidando el trono hasta que mi sobrina sea mayor.

—Oh, sí, por supuesto. Yo… no quise faltarle al respeto. Su… Alteza.

Las risas habían cesado. Cuando Levana dirigió la mirada hacia la casa de juegos vio que las niñas habían apartado las mantas y observaban con ojos curiosos y bocas abiertas.

—La doctora Eliot verá hoy a Winter —dijo Levana—. Vine para llevarla.

La niñera permanecía inclinada, sin saber si tenía permitido levantarse y mirar a Levana. Por el prolongado y tenso silencio, resultaba obvio que deseaba preguntar por qué la reina se tomaría esa molestia cuando formaba parte de los deberes propios de la niñera asegurarse de que las niñas acudieran a sus citas, o por qué el doctor no venía a ver a la princesa a la guardería. Pero no discutió. Claro que no.

—Winter, ven —ordenó Levana. La frazada cayó de nuevo, ocultando a las princesas—. Tienes cita con la doctora Eliot. No la hagamos esperar.

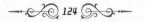

—¿Debo aguardar a que la princesa vuelva por la tarde, Su Alteza? —preguntó la niñera.

—No. Yo la llevaré de vuelta a nuestros aposentos privados después de la cita —respondió Levana, que se había puesto tensa.

Miró a Winter bajar la escalera, grácil como solo una niña de cuatro años puede serlo, aun con sus piernas regordetas y una falda demasiado larga. Su cabello rebotó cuando saltó al suelo.

La manta se movió de nuevo. Selene miraba por un hueco.

Levana se encontró con su mirada y pudo sentir la desconfianza de la niña, el desagrado instintivo. Apretó la mandíbula y tomó aire.

—Tengo un trabajo para ti.

La niñera, cada vez más incómoda, se levantó de su postura de reverencia.

—¿Para mí, Su Alteza?

—¿Tienes familia? ¿Algún hijo?

—Oh, no, Su Alteza.

—¿Un marido o un amante?

La chica se ruborizó. Probablemente no tenía más de quince años, pero eso importaba muy poco en Artemisa.

—No. No soy casada, Su Alteza.

Levana asintió. Selene no tenía familia, y tampoco esta muchacha: al menos nadie que la necesitara. Era perfecta.

Era el destino.

Una mano se deslizó en la de Levana e hizo que se sobresaltara.

—Estoy lista para irnos, Madre —dijo Winter.

Con el pulso retumbando, Levana retiró la mano de golpe.

—Ve al corredor y espera. Iré en un momento.

Cabizbaja, Winter volteó y se despidió de Selene. Una diminuta mano asomó por debajo del cobertor y dijo adiós, antes de que Winter saliera de la guardería.

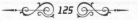

Ahora. Lo haría ahora.

Después de hoy, todo acabaría.

Levana presionó las manos sobre el vestido para secarse el sudor de las palmas.

—Ve a la casa de juegos —dijo, casi como si hablara para sí—. Ve a acompañar a la princesa. Casi es hora de su siesta —habló con lentitud, grabando la idea en la mente de la niñera. Buscó en un bolsillo oculto y extrajo una vela medio consumida.

—Va a estar oscuro debajo de esa cobija, así que necesitarás esta vela para poder ver.

Mantenla lejos de la princesa para que no se queme por accidente. Cerca de la orilla de la casa de juegos. Debajo de esa manta… la de las flores de manzano. Te quedarás con la niña hasta que ambas se duerman. Ya están cansadas. No tardarán mucho.

La niñera inclinó la cabeza a un lado, como si escuchara una canción que no podía identificar.

Levana sacó una pequeña caja de fósforos y dejó que la joven sostuviera la vela mientras ella la encendía. Sus manos temblaron con la chispa del fósforo; el temor a la llama la hizo tensar cada músculo.

Cuando el pabilo se encendió, pudo sentir cómo trepaba el fuego por el pequeño fósforo, amenazando con quemar sus dedos.

Levana lo sacudió rápidamente y respiró tranquila cuando la llama se extinguió. Dejó caer el fósforo humeante en el bolsillo del delantal de la niñera. La chica no habló.

—Ve ya. La princesa está esperando.

Con la mirada vacía, la niñera giró y caminó hacia la pequeña casa de juegos, llevando en alto la vela encendida. Selene estaba asomándose de nuevo. Confundida y curiosa.

Humedeciéndose los labios, Levana se obligó a darse vuelta. En el corredor, tomó la mano de Winter sin decir palabra y la llevó hacia

el consultorio del doctor. Su corazón martillaba en el interior de su pecho.

Lo había hecho. Había hecho lo que necesitaba hacer.

Ahora solo debía esperar.

TRANSCURRIÓ MÁS DE UNA HORA ANTES DE QUE LEVANA ESCUCHARA los primeros indicios en el palacio. Aunque sus nervios habían estado vibrando todo el tiempo desde que salió de la guardería, ya había comenzado a sentirse como en un sueño. Solo era otra de esas fantasías que terminaban en decepción. Mientras la doctora Eliot verificaba que Winter estaba tan saludable como cualquier otra niña, Levana merodeaba nerviosa por la sala de espera. La oficina de la doctora estaba en el palacio, un consultorio adicional al que tenía en el centro médico, al otro lado de la ciudad, de modo que pudiera acudir al menor indicio de una tos o una fiebre de los niños de la realeza.

Al darse cuenta de que aún tenía consigo la pequeña caja de fósforos, Levana se aseguró de que no hubiera nadie alrededor y la tiró en un bote de basura; luego frotó las manos sobre el tapiz de un sillón, como si los restos de las cenizas en las puntas de sus dedos pudieran ser una evidencia.

–¡Doctora!

Levana saltó y giró hacia la puerta del consultorio.

En la otra habitación, la doctora Eliot dejó de hablar y luego salió llevando en una mano un monitor de signos vitales. Detrás de ella, Winter estaba sentada sobre una mesa de auscultación cubierta de papel, meciendo los pies con medias.

Apareció un sirviente, jadeante y con el rostro enrojecido.

—¡Doctora! ¡Venga pronto!

—Le ruego que me disculpe, pero estoy con Su Alteza y…

—¡No… es la guardería! ¡La princesa Selene! —la voz de la sirviente era tan aguda que se quebraba.

Un escalofrío recorrió la piel de Levana, pero se las arregló para mantener su gesto de conmoción.

—Cualquier cosa puede…

—Hubo un incendio. Por favor, tiene que venir. ¡No hay tiempo que perder!

La doctora Eliot titubeó, miró a Levana y luego a Winter.

Tragando saliva, Levana dio un paso adelante.

—Bueno, desde luego debe ir. Si nuestra futura reina está en peligro, tiene que verla de inmediato.

Era la única indicación que necesitaba la doctora. Mientras recogía su maletín, Levana se volvió hacia el sirviente.

—¿Qué pasó? ¿Dijo algo de un incendio?

—No estamos seguros, Su Alteza. Estaban en la casa de juegos y comenzó a arder… Creemos que ellas estaban durmiendo…

—¿Ellas?

—La princesa y su niñera —dirigió la mirada a Winter y de pronto comenzó a sollozar—. Gracias a las estrellas la princesa Winter no estaba allí. Es horrible. ¡Horrible!

Bastaron unos cuantos segundos para que Levana se exasperara por los lamentos del sirviente.

Winter saltó de la mesa y fue a ponerse los zapatos, pero Levana la tomó de la muñeca y la arrastró para ir tras la doctora.

—Ahora no, Winter. Después volveremos por ellos.

La doctora corrió. Levana quería hacerlo. La curiosidad era una agonía; todas sus fantasías se acumulaban en ese momento sobrecogedor. Pero no quería cargar a Winter, y las princesas no corrían.

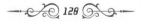

Las futuras reinas no corrían.

Aún estaba aferrando la mano de Winter cuando olfateó el humo. Escuchó los gritos. Sintió el retumbar de las pisadas que reverberaban en los pisos.

Para cuando ellas llegaron, ya se había reunido una multitud. Sirvientes, guardias y taumaturgos llenaban el corredor.

—¡*WINTER!* —era Evret, con expresión aliviada al ver a su hija. Abriéndose paso entre el tumulto, se inclinó para alzar a Winter y estrecharla en sus brazos—. No sabía dónde estabas… No sabía…

—¿Qué sucedió? —preguntó Levana, intentando abrirse paso.

—No, no mires. No entres. Es espantoso.

—Yo quiero ver, papá.

—No, no quieres, preciosa, no quieres. Cariño…

Levana se enfureció. Jamás la había llamado así en público; siempre había mantenido su relación a puerta cerrada por temor a que fuera considerada impropia. Debía de estar realmente conmocionado. Trató de asirla de la muñeca, pero ella se zafó de su mano. Tenía que ver. Tenía que saber.

—¡A un lado! Es mi sobrina. ¡Déjenme verla!

La gente obedeció. ¿Cómo podían no hacerlo? Los rostros horrorizados, las telas sobre la boca para aminorar el hedor del humo, las brasas y… pensó Levana, ¿no era, efectivamente, olor a carne quemada? El tufillo resultaba familiar y le revolvió el estómago.

Cuando finalmente llegó al frente de la multitud, se detuvo y miró a través del velo de humo. La doctora Eliot estaba allí, junto con incontables guardias, algunos de los cuales seguían sosteniendo baldes vacíos que debieron de haber sido usados para sofocar las llamas; otros seguían apagando rescoldos. La manta se había consumido por completo, la casa de juegos estaba reducida a una tambaleante estructura de madera ennegrecida y cenizas.

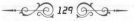

El fuego había dejado marcas en el tapiz y en las elaboradas molduras en forma de coronas.

Entre la aglomeración de guardias, Levana pudo distinguir dos cuerpos en el nivel superior de la casa de juegos. Obviamente eran cuerpos, aunque desde esa distancia apenas parecían algo más que restos calcinados.

—¡Atrás! ¡Atrás! —gritó la doctora—. Denme espacio para observarla. Denme espacio. ¡No están ayudando!

—Ven —volvió a decir Evret, detrás de ella.

Temblando, Levana retrocedió y se atrevió a mirarlo a la cara. No tuvo que fingir la conmoción. La imagen era mil veces más aterradora de lo que había imaginado. Mil veces más real.

Ella había hecho esto.

Esos cadáveres eran su culpa.

Selene estaba muerta.

A pesar de que Evret seguía sujetando a Winter contra su cadera y trataba de bloquearle la visión con ambas manos, Levana pudo ver a la niña estirar la cabeza para mirar la conmoción y el caos, los restos carbonizados de lo que había sido su casa de juegos y de su única prima.

—Ven —repitió Evret. Tomó a Levana de la mano y ella permitió que la guiara. Sus pensamientos eran confusos mientras se alejaban por los corredores. Su estómago se retorcía como consecuencia de cien emociones que no podía nombrar. Las preguntas de Winter llegaron en tropel:

—*¿Qué pasó, papá? ¿Dónde está Selene? ¿Qué está pasando? ¿Por qué huele así?*

Prácticamente ignoraron a la niña; la única respuesta que recibió fueron los besos que depositaba su padre sobre sus gruesos rizos.

—Está muerta —murmuró Levana.

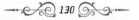

—Es horrible —dijo Evret—. Un horrible, horrible accidente.

—Sí. Un horrible accidente —Levana apretó su mano—. Y ahora… ¿te das cuenta? Esto significa que yo seré la reina.

Evret la miró con el rostro lleno de tristeza al tiempo que le pasaba el brazo libre por encima de los hombros y la estrechaba contra su cuerpo. También le dio un beso en la cabeza.

—No tienes que pensar en eso ahora, cariño.

Pero estaba equivocado.

Mientras los nudos en su estómago comenzaban a aflojarse, era en lo único en que podía pensar.

Ella era la reina.

La culpa, el horror y el recuerdo de aquel olor espantoso podrían quedarse con ella para siempre, pero era la reina.

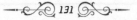

LA PRINCESA SELENE FUE DECLARADA MUERTA ESA TARDE. LEVANA HIZO el anuncio al pueblo desde el centro de transmisiones del palacio. El video mostró fotografías de la joven princesa mientras Levana luchaba por mantener la voz sombría, aun cuando sus nervios hormigueaban por el éxito. No era felicidad: le entristecía mucho saber que esa victoria había requerido un acto tan atroz. Pero el éxito era el éxito y la victoria, victoria. Lo había logrado, y ahora, mientras el país guardaba luto, ella sería quien lo sacaría de esta tragedia.

La pequeña Selene, de apenas tres años de edad, sería solo un punto en su historia. El recuerdo de la pequeña princesa quedaría eclipsado por completo por el mandato de la reina Levana.

La reina más hermosa que Luna había conocido.

Por primera vez estaba satisfecha. Tenía a Evret. Tenía la corona.

Aún no tenía un heredero, pero ahora que era la última de la estirpe real, seguramente el destino también le sonreiría con ese deseo. Ella era todo lo que había. No tener un hijo propio no era una alternativa. Después de todo, Winter no podía convertirse en reina. No. Levana tendría un hijo.

Con Selene muerta, esos fueron los nuevos pensamientos que la absorbieron. Sería una gran gobernante y la gente la amaría con todo el corazón. Y entonces, cuando Levana finalmente le diera a Evret un hijo propio, él también la amaría, finalmente, quizá más que a su adorada Solstice.

Estaba creando la vida que siempre había deseado, y se encontraba cerca de lograrlo. Muy, muy cerca.

Pero solo transcurrió una semana antes de que Levana comenzara a notar el cambio.

La forma en que la gente bajaba la mirada al verla pasar, no con el respeto habitual, sino con algo parecido al miedo. Quizá (¿lo estaba imaginando?)... quizás hasta con repulsión.

La nueva frialdad de la servidumbre del palacio. La forma en que parecían morderse la lengua, como si quisieran decirle algo pero no se atrevieran a hacerlo.

La manera en que Evret le preguntó una noche por qué había ido a recoger a Winter aquel día. Por qué se había encargado ella misma de llevar a su hija con la doctora cuando claramente era algo que la niñera podía hacer.

—¿Qué quieres decir? —preguntó Levana con el corazón en la garganta—. Es mi hija, y apenas puedo pasar tiempo con ella últimamente. ¿Por qué no habría de llevarla a sus citas?

—Es solo que...

—¿*Qué?* —preguntó, después de tensar la mandíbula.

—Nada. No es nada. No sé qué estaba pensando.

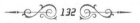

Él le dio un beso, y esa fue la última vez que se habló sobre el asunto.

Podía haber ignorado todo aquello. Dejarlos pensar que era culpable. Dejar que la acusaran a puerta cerrada. Como reina de Luna y única descendiente del linaje de los Blackburn, nadie se atrevería a acusarla de frente.

No: era otro rumor el que helaba a Levana hasta los huesos.

Decían que Selene había sobrevivido.

No era posible.

No podía ser posible.

Ella había visto el cuerpo, había olido la carne calcinada, había vivido las secuelas del incendio. Una niña pequeña no podía haber resistido aquello.

Estaba muerta. Se había ido.

Todo había terminado.

Entonces, ¿por qué seguía atormentando a Levana de esa forma?

—QUIERO QUE SEPA QUE NO ESTÁ EN PROBLEMAS —DIJO LEVANA—. SOLO deseo asegurarme de que sé toda la verdad.

La doctora Eliot estaba de pie frente a ella, en el centro del salón del trono. Normalmente este era el tipo de proceso que se llevaba a cabo frente a toda la corte, pero aun cuando no sabía eso, la doctora era consciente de que Levana confiaba en muy poca gente como para escuchar su testimonio. Incluso había ordenado a sus guardias personales que esperaran en el corredor, pues lo último que quería era que Evret se enterara de esta reunión, e incluso los guardias mejor entrenados no estaban exentos de divulgar chismes.

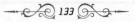

Así que solo eran ella, sentada en el trono, y su leal taumaturga mayor, Sybil Mira, parada a un lado con las manos dentro de las mangas de su sobrio abrigo blanco.

—Le he contado todo lo que sé, reina mía —dijo la doctora Eliot.

—Sí, pero... hay rumores. Estoy segura de que usted los ha escuchado. Rumores que dicen que la princesa Selene podría haber sobrevivido al incendio. Que usted, la primera persona que inspeccionó los cadáveres, podría tener información acerca de lo que se encontró luego del incendio y que ha decidido ocultarla.

—Yo no le ocultaría nada, reina mía.

Inhaló con paciencia.

—Ella era mi *sobrina*, doctora. Merezco saber la verdad. Si ella sigue viva, sería... sería muy doloroso para mí pensar que alguien me niega esa información. Usted sabe que la amaba como si fuera mi propia hija.

La doctora Eliot apretó los labios, con una mirada breve e intensa.

—Estoy segura de que para usted significaría *mucho* que la princesa hubiera sobrevivido, reina mía —dijo, pronunciando cada palabra detenidamente—. Pero me temo que cuando vi el cuerpo después del incendio ya la habíamos perdido. No había forma de salvarla.

—De *salvarla* —Levana se inclinó hacia adelante—. ¿Entonces está diciendo que aún no estaba muerta?

La doctora dudó.

—Hubo un débil latido. Esto se mencionó en mi reporte, Su Majestad. Pero aun cuando le quedaba algo de vida cuando llegué, murió poco después. Yo misma estuve allí cuando su corazón se detuvo. Está muerta.

Levana se aferró a los apoyabrazos de su trono.

—¿Y dónde ocurrió eso? Cuando el corazón dejó de latir, ¿seguía en la guardería?

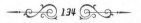

—Sí, reina mía.

—¿Y hubo alguien más que lo presenciara? ¿Alguien que pueda confirmar lo que usted dice?

La doctora Eliot abrió la boca para hablar, pero titubeó.

—Yo… sí, reina mía. Para entonces el doctor Logan Tanner también había llegado a toda prisa desde el centro médico.

—¿El doctor Logan Tanner? No he hablado con él —dijo Levana, alzando una ceja.

—Con todo respeto, reina mía, estoy segura de que usted tiene asuntos más urgentes que realizar su propia investigación sobre este trágico incidente. El doctor Tanner no le dará más información de la que ya le he proporcionado. Como usted dijo, fui la primera en ver el cuerpo de la princesa. Puedo afirmar con absoluta certeza que está muerta.

Mirando fijamente a la doctora, Levana pudo sentir que exudaba arrogancia. Se veía ansiosa, pero también confiada.

Sabía más de lo que estaba diciendo, y ello le causaba a Levana escozor bajo la piel.

—Con el debido respeto —comenzó Levana, sintiendo las palabras serpentear en su boca—, no hay asunto más urgente que saber si mi sobrina, nuestra *futura reina*, está viva. Usted sabe que si es verdad y decidió ocultarme esa información, sería un delito muy grave. Sería motivo suficiente para juzgarla por traición a la Corona.

La arrogancia de la doctora se desvaneció. Inclinó la cabeza.

—Lamento si la ofendí de alguna forma, Su Majestad. No fue mi intención restar importancia a su preocupación sobre estos rumores. Es solo que no puedo decirle nada más. En verdad desearía que esos rumores tuvieran sustento, que nuestra querida princesa hubiera sobrevivido al incendio. Pero me temo que simplemente no es verdad.

Levana volvió a reclinarse en el trono, sus dedos aferrados a los sólidos apoyabrazos labrados. Finalmente asintió.

—Le creo, y me disculpo por esta molestia adicional, doctora Eliot. Ciertamente usted ha sido una súbdita leal por muchos años, y eso no ha pasado inadvertido.

—Gracias, reina mía —dijo la doctora Eliot con una reverencia.

Levana despidió a la médica y esperó hasta que las enormes puertas se cerraran tras ella para volver a hablar.

—¿Crees que está mintiendo, Sybil?

—Temo que sí, reina mía. Hay algo en ella que me parece sospechoso.

—Coincido. ¿Qué podemos hacer al respecto?

Sybil se paró frente al trono.

—Es fundamental que descubramos la verdad sobre lo que ocurrió después del incendio. Si Su Alteza está viva, usted tiene derecho a saberlo, como nuestra reina y única familiar de la niña. De otro modo, ¿cómo podría protegerla de sufrir más daño? —los ojos grises de Sybil centellearon cuando dijo *protegerla*, y Levana sospechó que su taumaturga mayor podría saber por qué estaba tan empeñada en descubrir si Selene seguía viva, pero no creyó que Sybil estuviera demasiado preocupada por averiguar la verdad. Después de todo, Levana era quien la había ascendido a su posición actual, pasando por encima de varios candidatos con más experiencia. Algunos días se preguntaba si Sybil era la única persona de su séquito que le era verdaderamente leal.

—La doctora Eliot parece tener la impresión de que mi interés en el bienestar de Selene no es producto de una disposición amorosa. ¿Cómo puedo saber que nos está diciendo todo, cuando parece estar empeñada en ocultar algo?

Sybil sonrió.

—Nosotros los taumaturgos estamos entrenados en ciertos métodos para obtener información, aun de aquellos que no están dispuestos

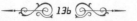

a brindarla. Tal vez la doctora Eliot y yo debamos tener una charla más privada.

Levana la observó, preguntándose si quería saber en qué consistían exactamente esas técnicas de obtención de datos, pero admitiendo casi al mismo tiempo que estaba dispuesta a hacer lo que fuera para descubrir la verdad acerca de su sobrina y lo sucedido aquel día en la guardería.

Además, la propia taumaturga no parecía oponerse.

—Sí —dijo ella irguiéndose en el asiento—. Creo que es una medida necesaria, Sybil. Aunque me parece que otros miembros del personal no serán tan comprensivos.

—Los haremos entender. Después de todo, es un tanto extraño que la doctora Eliot fuera la primera especialista en llegar adonde estaba la niña y que no fuera capaz de salvarla, después de haber descubierto que aún tenía pulso. Los motivos de sospecha son obvios. Lo más indicado es que sigamos investigando este asunto.

Sintiendo que su ansiedad comenzaba a ceder, Levana asintió.

—Tienes toda la razón —clavó una uña en los adornos tallados del trono—. Y una vez que sepamos todo lo que podamos de la doctora, creo que nos será de utilidad hablar también con el tal Logan Tanner. Quiero saber todo acerca de las consecuencias de ese incendio.

—Me encargaré de que así sea, reina mía —dijo Sybil, haciendo una reverencia.

La doctora Eliot fue detenida al día siguiente para ampliar el interrogatorio. Levana esperó el reporte de Sybil, sin interesarse en los detalles, pero pasó un día tras otro sin que la doctora dijera algo valioso.

Dos semanas después, antes de que Levana pudiera encontrar la manera de interrogar al segundo doctor, el tal Logan Tanner, sin despertar sospecha alguna… este desapareció.

LEVANA SE NEGÓ A SER ATORMENTADA POR LOS FANTASMAS DE NIÑAS, hermanas, princesas y reinas muertas. En el año que siguió a la muerte de Selene asumió su papel como la nueva y genuina reina de Luna.

Continuó reforzando el ejército, destinando tantos recursos como podía para que los científicos perfeccionaran los procesos de bioingeniería. El primer grupo de soldados comenzó su entrenamiento, y resultaron aún más sorprendentes de lo que Levana había imaginado. Mitad hombres, mitad bestias, brutalidad y saña absolutas. Levana se dedicó a mantenerse al tanto de las cirugías y el entrenamiento de los soldados. Fue un espectáculo hermoso cuando los primeros niños emergieron de sus tanques de animación suspendida, todavía aturdidos y torpes, con sus nuevos instintos y sus cuerpos transformados.

Y hambrientos. Despertaban muy, muy hambrientos.

Conocía bien al equipo de investigación, encabezado por el infame Sage Darnel, aunque el doctor no impresionó a Levana tanto como ella esperaba después de haber escuchado acerca de su talento por tantos años. Cuando lo conoció, lo único que podía preguntarse era cómo ese hombre había engendrado un vacío, y necesitó toda su fuerza de voluntad para escuchar sus desganadas explicaciones sobre los procedimientos quirúrgicos sin hacer comentarios despectivos acerca de su insignificante descendencia.

Mientras tanto, los primeros portadores de la enfermedad fueron enviados a la Tierra. Levana había escuchado años antes, durante el reinado de sus padres, que algunos ciudadanos de los sectores exteriores habían encontrado la forma de abordar a escondidas las naves diplomáticas o de reconocimiento que viajaban a la Tierra, o de pagar cuanto podían para convencer a algún piloto de abastecimiento de llevarlos,

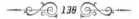

dejando atrás su vida y su trabajo. Que cualquiera de sus súbditos pensara solo en sí mismo y abandonara la nación que tanto lo necesitaba era una mezquindad que Levana no alcanzaba a comprender.

Sus padres siempre habían pasado por alto a esos fugitivos, quizá sin entender que su sociedad se desmoronaría rápidamente si no podían retener su escasa mano de obra.

Pero ahora Levana daría un uso a los desertores. Como la cepa había sido liberada en los sectores exteriores, con el tiempo cada lunar se convertiría en portador sin saberlo, y su propia inmunidad les impediría darse cuenta de que llevaban en sus cuerpos una enfermedad mortal.

No pasó mucho tiempo antes de que se reportara el primer caso de la enfermedad en la Tierra, en una pequeña ciudad oasis en el Sahara.

De allí se propagó rápidamente y se extendió por la Unión Terrestre como un incendio incontrolable. Aunque los terrícolas se apresuraron a poner a los enfermos en cuarentena, era imposible contenerla cuando los portadores secretos, los desafortunados lunares, permanecían bien ocultos entre ellos.

Llamaron a la enfermedad *letumosis*, una palabra antigua que significaba "muerte y aniquilación". Un nombre apropiado, pues nadie que contraía la enfermedad sobrevivía.

Levana y su corte lo llamaron éxito.

No sabía cuánto tardaría en diezmar a los terrícolas. Pasarían años, tal vez décadas, antes de que la enfermedad se convirtiera en la pandemia que Levana había concebido. Pero ya anticipaba el momento en que aparecería para ofrecerles un antídoto. Ya soñaba cómo se postrarían los líderes de la Tierra ante ella. En su desesperación, le ofrecerían lo que fuera. Cualquier recurso. Cualquier tierra. Cualquier alianza.

Intentaba ser paciente. Sabía que llegaría el día. Intentaba ignorar los murmullos pesimistas de sus consejeros y sus reportes, que advertían que todas las medidas laborales que había aplicado eran insostenibles.

No retrocedería ahora.

Todo estaba resultando según lo planeado. Lo único que se requería era paciencia.

Casi quince meses habían transcurrido desde la muerte de Selene cuando Levana fue informada de que el doctor Sage Darnel, jefe del equipo de bioingeniería, también había desaparecido. Suicidio, sospecharon algunos, aunque nunca se encontró el cadáver. Muchos creían que nunca se había recuperado del nacimiento y muerte de su hija vacía.

Otro científico talentoso perdido. Pero cuando a Levana le informaron que eso no detendría la producción de soldados y que todas las cirugías continuarían según lo programado, se olvidó por completo del viejo y de su patética vida.

Los años pasaron. Su riqueza creció. Los rumores sobre la princesa Selene empezaron a desvanecerse. Por fin, por fin, Levana tenía todo lo que deseaba.

Casi todo lo que deseaba.

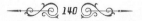

LEVANA ESTABA EN EL PRADO DEL PALACIO, OBSERVANDO A EVRET perseguir a Winter y a Jacin alrededor de la orilla del lago. Finalmente había accedido a la amistad de Evret con Garrison y su familia, y ahora eran un elemento permanente en su vida, a pesar de lo mucho que ella deseaba que Evret hiciera amistad con algunas de las familias de la corte. El chico debía de tener once años, dos más que Winter, esbelto como una vara y tan pálido como la blanca arena que pisaba. Para consternación de Levana, él y la princesa parecían haber creado un vínculo inseparable.

Por su parte, la princesa Winter estaba volviéndose tan hermosa como una amorosa canción de cuna. Su piel, algunos tonos más clara que la de Evret, era suave como el terciopelo. Su cabello había crecido en gruesos rizos, firmes como resortes y brillantes como ébano pulido. La niña tenía los mismos ojos de su madre, color caramelo, pero con algunas vetas grises y esmeraldas que había heredado de su padre.

Las murmuraciones habían comenzado a circular. Aunque antes los miembros de la corte se mofaban de la idea de casarse con una princesa que no era más que la hija de un guardia, ahora habían cambiado de parecer. Aunque todavía era una niña, se estaba volviendo imposible ignorar su belleza. Sin duda se convertiría en una mujer bellísima y las familias estaban notándolo.

Levana sabía que eso la beneficiaría algún día. Su hijastra sería una moneda de cambio idónea si surgiera la necesidad de una alianza. Aun así, la primera vez que escuchó hablar de cómo la princesa sería algún día más hermosa que la propia reina, una oleada de odio llenó sus pensamientos.

Levana había trabajado con gran empeño en perfeccionar su encanto. En ser la reina más hermosa que hubiera ocupado el trono de Luna: más bella que su madre, más bella que Channary.

Ya no era la princesa fea, la niña deforme. La idea de que Winter consiguiera con tal facilidad lo que a ella le había costado tanto esfuerzo se arremolinaba en el estómago de Levana.

No ayudaba el hecho de que Evret la mimaba sin reservas. Nunca estaban juntos más de un momento, antes de que subiera a la niña bonita a sus hombros o la hiciera dar varias vueltas como a un juguete giratorio. Aunque Evret siempre se había negado a bailar con Levana en las fiestas reales, lo había sorprendido enseñando a Winter los pasos de vals que conocía. Sus bolsillos parecían estar siempre llenos de esos caramelos ácidos de manzana que tanto le gustaban a la princesa.

Levana se llevó la mano al cuello y sujetó el dije con la forma de la Tierra. Hubo un tiempo en que Evret también le compraba regalos *a ella*.

En la orilla del lago, la risa de los niños destellaba tan brillante como la luz del sol sobre la superficie del agua, y Evret reía tanto como cualquiera de ellos. Cada sonido era como una aguja en el corazón de Levana, y se sentía infeliz.

Hubo también un tiempo en que Evret la invitaba a unirse a ellos, pero correr, reír y rodar por la arena era impropio de una reina. Después de que ella rechazó sus invitaciones en demasiadas ocasiones, él dejó de pedírselo y ahora Levana se arrepentía cada vez que pasaba y los miraba.

Vio a Evret levantar a Winter sobre su cabeza y escuchó gritar a la niña.

Vio a la esposa de Garrison prepararles emparedados de queso que devoraban con tanta avidez como si se tratara de un platillo elaborado por los cocineros reales.

Vio a Jacin enseñar a Winter cómo construir un castillo de arena y luego la mejor manera de destruirlo.

Esa era una familia, todos ellos, felices y despreocupados.

Y a pesar de todos sus esfuerzos, de todas sus manipulaciones, Levana nunca se había vuelto parte de ella.

—¿Cariño?

Se sobresaltó y apartó su atención de los niños para fijarla en Evret, que caminaba pesadamente hacia ella. Tenía los pantalones

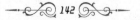

empapados hasta las rodillas, cubiertos de arena blanca y brillante. Era tan apuesto como el primer día en que lo vio, y lo amaba igual. Saberlo la hacía sentir tan vacía como madera ahuecada por dentro.

—¿Es el dije que te di? —preguntó. Sus dientes brillaron en una sonrisa vivaz que la derritió y fue una punzada al mismo tiempo.

Levana abrió la mano. No se había dado cuenta de que seguía sujetando el viejo y deslucido dije.

—Ni siquiera sabía que aún lo tenías —dijo Evret. Acercándose, pasó un dedo por debajo de la cadena. El contacto fue breve y deliberado y la aturdió con la misma chispa de anhelo que había sentido cuando era adolescente.

—Claro que aún lo tengo. Fue el primero que me diste.

Una sombra cubrió su expresión, algo que ella no pudo interpretar. Algo triste y distante.

Él soltó el dije, que golpeó ligeramente su esternón.

—¿Vas a quedarte ahí mirando todo el día? —preguntó él, con los ojos titilantes de nuevo. Tal vez la sombra en la expresión de su esposo había sido solo producto de su imaginación.

—No —respondió ella, incapaz de devolver algo más que una mueca de cansancio—. Estaba a punto de entrar. Necesito revisar un nuevo contrato comercial con TX-7.

—¿Un contrato comercial? ¿No puede esperar a mañana? —le tomó el rostro entre las manos—. Trabajas demasiado.

—Una reina no tiene horario de oficina, Evret. Siempre es una responsabilidad.

—Incluso una reina tiene que relajarse alguna vez —la reprendió—. Anda. Ven a jugar. No te hará daño, y nadie se *atrevería* a criticar si nos viera.

Lo dijo como una broma, pero Levana estaba segura de que debajo de sus palabras había tensión.

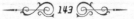

–¿Qué significa eso? –preguntó ella, apartándose. Él dejó caer las manos–. ¿Piensas que la gente me teme? ¿Qué está tan *oprimida* que no se atrevería a decir algo en contra? ¿Es eso?

Tensó la mandíbula por un momento, desconcertado, antes de caer en la frustración.

–La gente siempre ha tenido temor de hablar contra la familia real. Así es la política. No es algo exclusivo de ti.

Resoplando, Levana giró sobre sus talones y comenzó a caminar de vuelta hacia el palacio.

Con un gruñido, Evret fue tras ella.

–Basta, Levana. Estás exagerando. No quise decir nada.

–Debes pensar que soy una pésima gobernante. Una de esas reinas mimadas y egoístas que se preocupan más por su propia reputación que por el bienestar de la gente.

–No opino eso. Sé que te importa lo que la gente piense de ti, pero también sé que te preocupas por ellos. A tu manera.

–¿Y qué manera es *esa*? –preguntó con brusquedad, ocultándose bajo el saliente del palacio.

–Levana, ¿podrías parar?

Rodeó su cintura con las manos, pero ella se soltó de un tirón.

–¡No me toques!

De inmediato, los guardias que siempre tenía cerca avanzaron con las armas preparadas.

Evret se detuvo y alzó las manos en señal de que no buscaba hacer daño alguno. Pero su expresión era de furia, y Levana sabía cuán importante era para él proteger su honor y su reputación, que no estaría feliz si alguien se atreviera a divulgar el rumor de que había amenazado a la reina, a su *esposa*, cuando era ella la que se comportaba en forma absurda.

Exagerando.

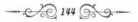

—Como quieras —dijo él dando un paso atrás antes de apartarse por completo—. Vaya a leer su contrato, Su Majestad.

Levana lo vio retroceder, con las manos apretadas en puños temblorosos, antes de marchar hacia la escalinata principal. Sentía que huía. Que se rendía.

Cuando llegó a su finca privada, donde se encargaba de la mayoría de sus asuntos, se sentó a revisar el contrato comercial, pero en lugar de eso comenzó a llorar. No se había dado cuenta de que las lágrimas venían hasta que fue demasiado tarde como para detenerlas.

Lloró por la chica que jamás había sido parte de algo. Una chica que se había esforzado tanto, más que cualquier otro, y aun así jamás había tenido nada que mostrar. Una chica que había estado segura de que Evret la amaba solo a ella y ahora ni siquiera podía recordar cómo se sentía esa certeza.

A pesar de cada una de sus armas, seguía sin conquistar el corazón de Evret Hayle.

Ya ni siquiera intentaba quedar embarazada, aunque sabía que eso no duraría. Simplemente era que desde hacía mucho tiempo sus visitas al dormitorio de Evret habían sido más cansadas que apasionadas. Más desesperanzadas que cualquier otra cosa.

Lloró porque pudo sentir las murmuraciones en la corte: su esterilidad era un tema recurrente en las conversaciones a puerta cerrada. Taumaturgos y jefes de familia se movían por el palacio como piezas de un tablero, forjando alianzas, tramando movimientos por si alguna vez el trono quedaba vacío a falta de un heredero apropiado.

Lloró porque habría sublevaciones y derramamiento de sangre si ella fracasaba. Al final, alguien pondría la corona sobre una cabeza indigna y comenzaría un nuevo linaje real. Levana no tenía la menor idea de quién caería o quién se alzaría para tomar su lugar.

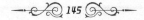

Se negaba a dar importancia a esos temores.

El trono necesitaba un heredero y ella sería quien lo procrearía. Al final las estrellas le sonreirían. Tenían que hacerlo, por el bien de Luna.

Pero el destino solo estaría de su lado si podía probar que era la única soberana que el país necesitaba.

Y Luna estaba prosperando. La ciudad de Artemisa era un paraíso, más que nunca. Todos los sectores exteriores estaban produciendo bienes a tasas jamás vistas, y cada vez que surgían rumores de inconformidad, Levana solo tenía que efectuar un recorrido por los domos para visitar a su pueblo y recordarles que eran felices. Que la amaban y que trabajarían para ella sin quejarse. Estar entre su pueblo era lo más cercano que había tenido a una familia.

Mientras más crecía la economía de Luna, Levana deseaba más.

Ahora lloraba porque quería tanto, tanto.

Quería todo para su gente.

Quería la Tierra.

Necesitaba la Tierra.

Toda ella. Cada montaña. Cada río. Cada cañón y glaciar y bahía cubierta de arena. Cada ciudad y cada granja. A cada terrícola de mente débil.

Tener el control del planeta azul resolvería todos sus problemas políticos. La necesidad de más recursos, tierra y mano de obra para Luna. No quería pasar a la historia como la reina más bella que esa pequeña Luna había conocido.

Quería que la historia la recordara como la reina más hermosa de la galaxia. Como la soberana que unió a Luna y la Tierra bajo una sola monarquía.

El anhelo creció en silencio al principio, tomando en su vientre el lugar que debió ser para un hijo. Creció tan dentro de ella que ni siquiera se había dado cuenta de que existía hasta que un día miró

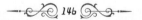

el planeta suspendido, burlándose de ella, fuera de su alcance, y la fuerza de su deseo casi la hizo caer de rodillas.

Mientras más tiempo pasaba, más clavaba ese deseo sus garras en ella.

Merecía la Tierra.

Luna merecía la Tierra.

Pero a pesar de todas sus maquinaciones, de todas esas largas reuniones discutiendo sobre los soldados y la peste, aún no tenía claro cómo apoderarse de ella.

—¿POR QUÉ SIEMPRE ES UN PRÍNCIPE? —PREGUNTÓ WINTER—. ¿POR QUÉ nunca la salva un espía ultrasecreto? ¿O un soldado? ¿O un… un granjero pobre?

—No sé. Así está escrita la historia.

Evret acomodó un rizo de Winter.

—Si no te gusta, mañana en la noche inventaremos una historia diferente. Puedes hacer que cualquiera que tú elijas rescate a la princesa.

—¿Un doctor?

—¿Un doctor? Bueno… claro. ¿Por qué no?

—Jacin dice que cuando sea grande quiere ser doctor.

—Ah. Bien, ese es un trabajo muy bueno, uno que salva más que solo princesas.

—Tal vez la princesa pueda salvarse sola.

—Esa también parece una muy buena historia.

Levana se asomó por la puerta apenas entreabierta y miró mientras Evret besaba la frente de su hija y la cubría con las mantas hasta la barbilla. Había escuchado el final del cuento para antes de dormir.

La parte en que el príncipe y la princesa se casaron y vivieron felices el resto de sus días.

Una parte de ella deseaba decirle a Winter que esa historia era una mentira, pero una parte más grande sabía que no le importaba mucho lo que Winter creyera.

–¿Papá? –preguntó Winter y detuvo a Evret justo cuando comenzaba a ponerse de pie–. ¿Mi madre era una princesa?

–Sí, tesoro. Y ahora es una reina –respondió Evret.

–No, quiero decir: mi verdadera madre.

Levana se tensó y pudo ver la sorpresa reflejada en la postura de Evret. Lentamente volvió a hundirse sobre el cubrecama.

–No –dijo él en voz baja–. Era solo una costurera. Tú lo sabes. Ella hizo tu cobija de bebé, ¿recuerdas?

Los labios de Winter hicieron una mueca de tristeza mientras pellizcaba el borde del edredón.

–Quisiera tener una foto de ella.

Evret no respondió. Levana deseaba poder ver su cara.

Cuando el silencio se extendió demasiado, Winter alzó la mirada. Parecía más pensativa que triste.

–¿Cómo era?

Como yo, pensó Levana. *Díselo. Dile que se parecía a mí.*

Pero Evret sacudió la cabeza.

–No recuerdo –musitó. Era una confesión triste que golpeó a Levana entre las costillas. Retrocedió un paso en el corredor–. Por lo menos no con exactitud –corrigió al ver la expresión alicaída de Winter–. Me han robado los detalles.

–¿Qué quieres decir?

Su tono recobró la alegría.

–No es importante. Lo que *sí* recuerdo es que era la mujer más hermosa de toda Luna. De toda la galaxia.

–¿Más hermosa que la reina?

Aunque no podía mirar su rostro, Levana pudo percibir la forma en que Evret se sobresaltó. Pero entonces se levantó, se inclinó sobre su hija y le dio otro beso en su cabeza coronada de rizos indomables.

–La más hermosa de todo el *universo* –repitió–, solo después de *ti*.

Winter rió y Levana se apartó de nuevo, retrocediendo hasta que su espalda golpeó un sólido muro. Trató de sacudirse el escozor del rechazo, la conciencia de que ella aún no era suficientemente buena, no comparada con su preciosa Solstice y su adorable hija. Reprimió sus sentimientos, dejó que se endurecieran y enfriaran dentro, mientras su rostro permanecía sonriente y afable.

Cuando Evret salió, un momento después, se sorprendió de encontrarla allí, pero lo disimuló con facilidad. No era tan bueno como algunos de los guardias para disfrazar sus emociones, aunque había mejorado con los años.

–Quería decirte que lamento lo de esta tarde –se disculpó ella.

Sacudiendo la cabeza, Evret cerró la puerta de la habitación de Winter y luego se dirigió por el corredor hacia sus habitaciones.

–¿Evret? –dijo Levana, siguiéndolo, mientras se estrujaba las manos.

–No importa –las luces parpadearon cuando él entró a la habitación y comenzó a quitarse las botas–. ¿Necesitabas algo?

Humedeciéndose los labios, Levana observó el dormitorio, que rara vez había visto iluminado. Evret jamás se había preocupado de darle mucha personalidad. Después de diez años, la habitación se veía todavía como una habitación para invitados.

–Quería preguntarte por qué… por qué aceptaste casarte conmigo.

Él se quedó helado por un instante, antes de arrojar la segunda bota al otro lado de la habitación.

–¿A qué te refieres?

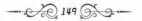

—A veces me hago preguntas en retrospectiva. Parece que en aquel entonces tenía que obligarte a que me dieras cada beso. Te resistías a mí en cada momento que pasábamos juntos. En ese entonces estaba segura de que solo te comportabas como... un caballero. Honorable. Leal a... el recuerdo de Solstice. Pero ahora ya no estoy tan segura.

Con un suspiro pesado, Evret se hundió en un sillón.

—No tenemos que hablar de esto ahora. Lo hecho, hecho está.

—Pero quiero saber por qué. Por qué dijiste que sí, si tú... si tú no me amabas. Y no querías ser rey. Y no te importaba que Winter fuera una princesa. ¿Por qué dijiste que sí?

Ella pudo ver cómo se debatía durante un largo silencio, antes de encogerse de hombros.

—No tuve opción.

—Claro que tenías opción. Si no me amabas, debiste haber dicho no.

Él rio sin humor, apoyando la cabeza sobre el respaldo del sillón.

—No, no habría podido. Tú dejaste muy claro que no ibas a permitir que dijera que no. Dime si estoy equivocado. Dime si sencillamente habrías dejado que me fuera.

Él se detuvo y Levana abrió la boca para decir que sí, por supuesto, lo habría dejado en libertad si eso era lo que él realmente deseaba.

Pero las palabras no llegaron.

Todavía recordaba muy claramente aquella mañana. Su sangre en las sábanas. El sabor ácido de las moras. El recuerdo agridulce de sus caricias, sabiendo que él había sido suyo por una noche, pero nunca suyo en absoluto.

No.

No, no habría permitido que se marchara.

Se estremeció y bajó la vista.

Qué chiquilla tan estúpida había sido.

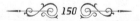

–Al principio pensé que había sido un juego para ti –continuó Evret cuando quedó claro que había dicho algo importante–, como ocurrió con tu hermana. Que tratabas de hacer que te quisiera de esa forma. Pensé que te aburrirías de mí y finalmente me dejarías en paz –una línea se formó entre sus cejas–. Pero cuando me pediste que me casara contigo me di cuenta de que era demasiado tarde. No sabía qué harías si me resistía a ti… si *realmente* me resistía. Eres muy buena con tus manipulaciones, lo eras desde entonces, y yo supe que no podría negarme si me obligabas a aceptar. Y me preocupaba que si seguía luchando tú pudieras… dejarte llevar por un impulso.

–¿Qué pensaste que iba a hacer?

Él se encogió de hombros.

–No lo sé, Levana. ¿Hacer que me arrestaran? ¿O que me ejecutaran?

Ella rió, aunque no era gracioso.

–¿Ejecutarte por qué?

Él apretó los dientes.

–Piénsalo. Tú podrías haberle dicho a cualquiera que te obligué, te amenacé o… cualquier cosa. Tú podrías haber dicho lo que fuera y habría sido mi palabra contra la tuya, y ambos sabemos que yo habría perdido. No podía arriesgarme. No con Winter. No podía dejar que arruinaras lo poco que me quedaba.

–Jamás te habría hecho eso –dijo, después de trastabillar como si la hubieran golpeado.

–¿Cómo iba a saberlo? –para ese momento prácticamente estaba gritando, y ella detestaba eso. Él casi nunca gritaba–. Tú tenías todo el poder. Tú *siempre* tuviste todo el poder. Es tan agotador luchar contra ti todo el tiempo. Así que colaboré. Al menos ser tu marido nos brindaría a mí y a Winter cierta protección. No mucha, pero… –apretó los dientes, como si se arrepintiera de haberle dicho demasiado, y luego sacudió la cabeza. Bajó el tono–. Pensé que con

el tiempo te cansarías de mí, que me llevaría a Winter lejos de aquí y todo terminaría.

–Han sido casi diez años –dijo Levana, sintiendo punzadas en el corazón.

–Lo sé.

–¿Y ahora? ¿Sigues esperando que termine?

Su expresión se suavizó. La rabia había sido reemplazada por una amabilidad exasperante, aunque la crueldad de sus palabras era desgarradora.

–¿Sigues esperando que me enamore de ti?

Ella se rodeó el cuerpo con los brazos y asintió.

–Sí –susurró.

Él frunció el ceño. Con tristeza. Con arrepentimiento.

–Lo siento, Levana. Lo siento mucho.

–No. No digas eso. Yo sé que tú me a… que te importo. Eres *el único* que se ha preocupado por mí. Desde entonces… cuando cumplí dieciséis años, y tú fuiste el único que me dio un regalo, ¿recuerdas? –pescó el dije debajo del cuello del vestido–. Aún lo uso, todo el tiempo. Por ti. Porque te amo, y sé… –tragó saliva, intentando en vano contener las lágrimas–. Sé que significa que tú también me amas. Siempre me has amado. *Por favor.*

–Fue un regalo de Sol –confesó, con la voz quebrada y los ojos húmedos. Llenos, no de amor, sino de remordimiento.

–¿Qué? –preguntó Levana, retrocediendo.

–El dije. Fue idea de Sol.

Las palabras goteaban en sus oídos, como si salieran de un grifo apenas abierto.

–¿So..? No. Garrison dijo que era tuyo. Había una tarjeta. Era *tuyo.*

–Ella te había visto admirando aquel edredón en su tienda –continuó Evret. Su voz era tierna, como si hablara con un niño pequeño a punto de sufrir una crisis nerviosa–. El de la Tierra. Por eso pensó que también te gustaría el dije.

Sujetó con fuerza el dije en su puño, pero sin importar cuánto lo apretaba, pudo sentir que la esperanza se escurría como agua entre sus dedos.

–Pero… ¿Sol? ¿Por qué? ¿Por qué ella…?

–Le dije que había visto cómo te hacías pasar por ella. Aquel día, antes de la coronación.

La boca de Levana se secó; la mortificación que sintió aquel día volvió de pronto.

–Creo que se sintió mal por ti. Pensó que debías de estar sola, que necesitabas un amigo. Así que me pidió cuidarte mientras estaba en el palacio –tragó saliva–. Que fuera amable.

Parecía comprensivo, pero Levana sabía que era solo una fachada de sus verdaderos sentimientos.

Lástima. Él le tenía lástima.

Sol había tenido lástima de ella.

La enfermiza e irrelevante Solstice Hayle.

–El dije fue su idea –repitió Evret desviando la mirada–. Pero la tarjeta fue mía. Yo *quería* ser tu amigo. Me importabas. Aún me importas.

Ella soltó el dije más rápido que si hubiera sido una brasa.

–No entiendo. No… –reprimió un sollozo. Sentía que se ahogaba, que la desesperación la atenazaba, que sus pulmones intentaban respirar, pero no quedaba aire–. ¿Por qué no puedes intentarlo siquiera, Evret? ¿Por qué no puedes al menos *tratar* de amarme? Atravesó la habitación y se arrodilló frente a él, tomándole las manos–. Si solo me dejaras amarte, mostrarte que puedo ser la esposa que deseabas, que podríamos…

–Detente. Por favor, detente –ella tragó saliva–. Siempre estás desesperada por hacer que esto funcione, por convertir nuestro

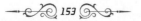

matrimonio en algo que no es. ¿Nunca te has detenido a pensar qué más puede haber allá fuera? ¿Lo que puedes estar perdiéndote al esforzarte tanto en hacer que haya algo real entre nosotros? —estrechó sus manos— Hace mucho tiempo te dije que al escogerme estabas renunciando a tu oportunidad de encontrar la felicidad.

—Estás equivocado. No puedo ser feliz… no sin ti.

—Levana… —comenzó él, dejando caer los hombros.

—Lo digo en serio. Piénsalo. Empezaremos de nuevo. Desde el principio. Imagina que yo soy otra vez una princesa y tú eres el nuevo guardia real que viene a protegerme. Actuaremos como si fuera nuestro primer encuentro —súbitamente emocionada por la esperanza, Levana se puso en pie de un salto—. Deberías empezar por hacer una reverencia, desde luego. Y presentarte.

—No puedo —respondió él, frotándose la frente.

—Claro que puedes. No te hará daño intentarlo, no después de todo lo que hemos pasado.

—No, no puedo fingir que nunca nos hemos visto si tú sigues… —agitó la mano frente a ella.

—¿Sigo qué?

—Sigues viéndote como *ella*.

—Pero… pero así es como me veo ahora. Esta soy yo —Levana apretó los labios.

Pasándose una mano sobre el cabello rizado, Evret se puso de pie. Por un momento, Levana pensó que le seguiría el juego. Que se inclinaría frente a ella y que comenzarían de nuevo. Pero en lugar de eso, él pasó junto a ella y acomodó las frazadas de la cama.

—Estoy cansado, Levana. Hablemos de esto mañana, ¿te parece bien?

Mañana. Porque mañana seguirían casados. Y al día siguiente. Y al siguiente. Por toda la eternidad, él sería el esposo que jamás la había amado. Deseado. Confiado en ella.

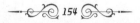

Se estremeció, más temerosa de lo que había estado en mucho, mucho tiempo.

Después de tantos años de envolverse en el encanto, era casi imposible dejarlo ir. Su cerebro luchaba por soltar el control de la manipulación.

Con el corazón golpeando su pecho con la fuerza de un martillo, Levana se dio vuelta lentamente.

Evret estaba quitándose la camisa por encima de la cabeza. La arrojó sobre la cama y alzó la vista.

Boquiabierto, trastabilló y casi tiró un candelabro de la pared.

Ella se encogió y se cubrió la cintura con los brazos. Agachó la cabeza para que el cabello cubriera la mitad de su rostro, ocultándolo cuanto podía. Pero resistió el impulso de cubrir sus cicatrices con las manos. Se rehusó a mostrar el encanto de nuevo.

El encanto que él siempre había amado.

El encanto que él siempre había odiado.

Al principio parecía que él ni siquiera estaba respirando. Solo la miraba fijamente, estupefacto y horrorizado. Finalmente cerró la boca y colocó una mano temblorosa sobre el poste de la cama para mantener el equilibrio. Tragó con dificultad.

—Esta es —dijo ella, mientras nuevas lágrimas empezaban a caer de su ojo sano— la verdad que no quería que vieras. ¿Estás feliz ahora?

Parpadeaba sin parar y ella apenas podía imaginar lo difícil que le resultaba sostenerle la mirada. No darse vuelta, cuando era claro que deseaba hacerlo.

—No —respondió con voz áspera—. No estoy feliz.

—Y si hubieras sabido esto desde el principio, ¿podrías haberme amado?

Contuvo las palabras un largo rato, antes de responder:

—No lo sé —cerró los ojos, recobrando el aplomo antes de mirarla de lleno. Esta vez no retrocedió—. No se trata de cómo te ves o no te ves, Levana. Es que me has controlado y manipulado durante *diez años* —hizo una mueca—. Desearía que me lo hubieras mostrado hace mucho. Tal vez las cosas habrían sido diferentes, no lo sé. Pero ahora nunca lo averiguaremos.

Se dio vuelta. Levana miró su espalda, sin sentirse como una reina en absoluto. Era una niña estúpida, una chica patética, una cosa frágil, destruida.

—Te amo —musitó—. Eso siempre ha sido real.

Evret se puso tenso, y si acaso tenía alguna respuesta, Levana se marchó antes de poder escucharla.

—VEN, HERMANITA. QUIERO MOSTRARTE ALGO.

Channary exhibió su sonrisa más cariñosa y llamó a Levana con gran emoción.

Su instinto le advirtió que tuviera precaución, pues el entusiasmo de Channary ya se había convertido en crueldad en otras ocasiones. Pero era difícil resistirse, y aunque el instinto de Levana le decía que se alejara, sus piernas la llevaron hacia adelante.

Channary sabía que no debía utilizar su don en niños vulnerables, especialmente en su hermana menor. Sus niñeras la habían reprendido cien veces por ello.

En consecuencia, solo se había vuelto más discreta.

Channary estaba de rodillas frente a la chimenea holográfica de la guardería que compartían. El suave calor contrastaba con el rugido de las llamas y los leños crepitantes de la ilusión. Con excepción

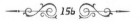

del uso de velas en celebraciones, el fuego estaba estrictamente prohibido en Luna. El humo podía llenar rápidamente los domos y envenenar el precioso suministro de aire. Pero las chimeneas holográficas se habían vuelto populares desde hacía algún tiempo y a Levana siempre le había gustado mirar cómo las llamas bailaban y desafiaban lo predecible; la manera en que los troncos ardían lentamente, se desmoronaban y echaban chispas. Los miraba por horas, sorprendida por la forma en que el fuego siempre parecía arder con poca intensidad, devorando la leña sin extinguirse del todo. Era la magia de la tecnología.

—Mira —dijo Channary cuando Levana se acomodó a su lado.

Había colocado sobre la alfombra un pequeño tazón de brillante arena blanca, tomó una pizca y la arrojó a las llamas holográficas.

Nada ocurrió.

Con un nudo en el estómago a causa del temor, Levana miró a su hermana. Los oscuros ojos de Channary danzaban con la luz del fuego.

—No son reales, ¿cierto? —Channary se inclinó y pasó la mano entre las llamas. Sus dedos salieron intactos—. Es solo una ilusión. Como un encanto.

Levana era todavía demasiado pequeña para ejercer suficiente control sobre su propio encanto, pero tuvo la sensación de que no era exactamente lo mismo que esa chimenea holográfica.

—Anda —sugirió Channary—. Tócalas.

—No quiero.

—No seas llorona. No es real, Levana —dijo Channary, mirándola con odio.

—Ya sé, pero… no quiero —el instinto hizo que Levana cerrara las manos sobre el regazo. Sabía que no era real. Sabía que el holograma

157

no le haría daño. Pero también sabía que el fuego era peligroso, que las ilusiones eran peligrosas y que ser engañada para creer en cosas irreales era con frecuencia la cosa más peligrosa de todas.

Furiosa, Channary sujetó el brazo de Levana y la empujó hacia adelante, introduciendo casi todo su torso en las llamas. Levana gritó y luchó por retirarse, pero Channary la sostuvo con firmeza, manteniendo su pequeña mano sobre las resplandecientes llamas del holograma.

No sintió nada, desde luego. Solo el mismo calor sutil que el fuego siempre producía, para hacerlo parecer más auténtico.

Después de un momento, los latidos del corazón de Levana comenzaron a acompasarse.

—¿Ves? —dijo Channary, aunque Levana no tenía claro qué había demostrado. Ella seguía sin querer tocar el holograma, y tan pronto como su hermana la soltó, Levana apartó su mano y retrocedió en la alfombra.

Channary ignoró el repliegue.

—Ahora… mira —se llevó una mano atrás y sacó una caja de fósforos que debió de haber tomado del altar del gran salón. Encendió uno antes de que Levana pudiera decir algo, y se inclinó hacia adelante, presionando el fósforo contra la parte inferior del holograma.

No debía haber nada inflamable. La chimenea no debía encenderse. Pero no pasó mucho tiempo antes de que Levana pudiera ver un nuevo brillo entre los leños ardientes. La llama verdadera trepaba y chisporroteaba, y después de un momento Levana pudo notar que los bordes de hojas secas se carbonizaban y se retorcían. La leña había estado oculta por el holograma, pero a medida que el fuego verdadero crecía, su brillo superó por mucho la ilusión.

Los hombros de Levana se tensaron. Una alarma en su cabeza le dijo que se levantara y se marchara, que fuera a decirle a alguien que

Channary estaba violando las reglas, que se alejara rápido antes de que el fuego creciera más.

Pero no lo hizo. Channary solo volvería a llamarla llorona, y si Levana se atrevía a meter en problemas a la princesa heredera, su hermana encontraría después formas de castigarla.

Permaneció plantada en la alfombra, mirando las llamas crecer y crecer.

Cuando eran casi tan grandes como el holograma, Channary volvió a meter la mano en el pequeño tazón de arena (¿o tal vez era azúcar?) y arrojó una pizca a las llamas.

Esta vez pusieron azules, crepitaron, chisporrotearon y se desvanecieron.

Levana se quedó boquiabierta.

Channary lo hizo varias veces, cada vez más osada a medida que sus experimentos tenían éxito. Ahora dos pizcas al mismo tiempo. Un puñado entero, como pequeños fuegos artificiales.

−¿Quieres probar?

Levana asintió. Tomó una pizca de pequeños cristales y los arrojó a las llamas. Rio cuando las chispas azules ascendieron hacia la parte superior del recinto y chocaron contra la pared de piedra donde debía haber estado una chimenea.

Channary se puso de pie y empezó a buscar por la guardería cualquier cosa que pudiera ser divertido ver arder. Una jirafa de trapo que echó humo, quedó carbonizada y tardó mucho tiempo en producir llamas. Un viejo zapato de muñeca que se enrolló y derritió. Piezas de un juego de madera que se quemaron lentamente debajo de su barniz protector.

Pero mientras Levana estaba cautivada por las llamas −tan reales, con su olor a ceniza, el calor casi doloroso que estallaba frente a su cara y el humo que ennegrecía el tapiz− pudo darse cuenta de que la ansiedad de Channary aumentaba con cada experimento. Nada

era tan encantador como las sencillas y elegantes chispas azules y anaranjadas del tazón de azúcar.

Un tijeretazo.

Levana giró de golpe, justo a tiempo para ver a Channary arrojar un mechón de cabello castaño a las llamas. Mientras el pelo se encrespaba, se ennegrecía y se disolvía, Channary reía.

Levana se tocó la parte posterior de la cabeza y encontró el corte que Channary había hecho, cerca de su cuero cabelludo. Sus ojos se llenaron de lágrimas.

Intentó ponerse de pie, pero Channary fue más rápida. Tomó la falda de su hermana menor con las dos manos, tiró bruscamente de ella y Levana volvió a caer al suelo. Gritó y se desplomó de rodillas; apenas pudo evitar que su cara también golpeara contra el piso.

Aunque Levana intentó rodar, Channary ya tenía el borde del vestido de su hermana entre las hojas de las tijeras y el sonido de la tela que se rasgaba desgarró los oídos de Levana.

—¡Basta! —gritó. Cuando Channary sujetó con firmeza su falda y desgarró la tela hasta la parte superior de sus piernas, Levana apretó los dientes, sujetó tanta tela como pudo y se la arrebató a su hermana.

Un jirón grande se desprendió. Channary gritó y cayó de espaldas en el fuego. Con un alarido, salió rápidamente de la chimenea, con el rostro contorsionado por el dolor.

Levana se quedó boquiabierta al ver a su hermana, horrorizada.

—Lo siento. No quise hacerlo. ¿Estás bien?

Era claro que Channary no estaba bien. Mostraba los dientes y su mirada se había ensombrecido con una furia que Levana jamás había visto… y había visto a su hermana furiosa muchas, muchas veces. Se encogió, con los puños aún sujetando su vestido.

—Lo siento —balbuceó de nuevo.

Ignorándola, Channary se llevó la mano temblorosa a la parte posterior de su hombro y se dio vuelta para que Levana pudiera ver su espalda. Había ocurrido muy rápido. La parte posterior de su vestido estaba calcinada, pero no se había encendido. Lo que Levana pudo ver del cuello de su hermana tenía un color rojo brillante y se estaban formando un par de ampollas arriba del cuello del vestido.

—Voy a llamar al doctor —dijo Levana incorporándose—. Deberías buscar agua… o hielo, o…

—Estaba tratando de salvarte.

Levana se detuvo. Lágrimas de dolor resplandecían en los ojos de su hermana, opacadas por la mirada enloquecida, encendida de furia.

—¿Qué?

—¿Recuerdas, hermanita? ¿Recuerdas que entré y te vi jugando con fuego en la chimenea? ¿Recuerdas que caíste, pensando que no te haría daño, igual que el holograma? ¿Recuerdas cómo me quemé tratando de rescatarte?

Parpadeando, Levana trató de dar un paso atrás, pero sus pies estaban clavados en la alfombra. No por miedo o duda: Channary estaba controlando sus extremidades. Era demasiado pequeña, demasiado débil para escapar.

El terror trepó por su espalda y su piel se erizó.

—He-hermana —tartamudeó—. Deberíamos poner hielo en tus quemaduras. Antes… antes de que empeoren.

Pero la expresión de Channary estaba cambiando de nuevo. La furia se desfiguraba en algo cruel y sádico, hambriento y curioso.

—Ven, hermanita —susurró, y a pesar del terror que le revolvía el estómago, los pies de Levana obedecieron—. Quiero mostrarte algo.

LEVANA NO PUDO DEJAR DE LLORAR, POR MÁS QUE LO INTENTÓ. LOS sollozos eran crueles y dolorosos; llegaban tan rápido que sentía que

iba a desmayarse ante la incapacidad de respirar por los espasmos de sus pulmones. Se desplomó sobre sus rodillas, meciéndose y temblando.

Quería dejar de llorar. Deseaba con ansias dejar de llorar, en parte porque sabía que Evret, en sus habitaciones privadas al fondo del corredor, probablemente podía oírla. Y al principio tuvo la ilusión de que sentiría lástima por ella, de que el sonido de su llanto ablandaría su corazón y lo llevaría a su lado. Que él la consolaría, la estrecharía y por fin, *por fin*, se daría cuenta de que siempre la había amado.

Pero ya llevaba llorando mucho tiempo, sin señales de su marido, como para saber que aquello no sucedería. Era solo otra fantasía que no se volvería realidad. Solo otra mentira que había construido para fugarse, sin darse cuenta de que estaba soldando los barrotes de su propia celda.

Finalmente las lágrimas comenzaron a disminuir y el dolor empezó a ceder.

Cuando logró respirar otra vez y creyó que podía levantarse sin derrumbarse, se aferró al poste de la cama y se puso de pie. Sus piernas estaban débiles, pero la sostuvieron.

Sin fuerzas para recuperar su encanto, arrancó una de las cortinas que colgaban del dosel de la cama y se cubrió la cabeza. Parecería un fantasma que merodeaba por los salones del palacio, pero eso estaba bien. Se sentía como un fantasma. Nada más que la ficción de una mujer.

Rodeando su cuerpo con el improvisado velo, salió de su recámara dando traspiés. Dos guardias estaban apostados afuera de los aposentos reales, silenciosos y atentos, cuando ella apareció. Si se sorprendieron por la tela enrollada en su cabeza, sus expresiones no lo revelaron, y emprendieron la marcha detrás de ella a una respetuosa distancia.

A pesar del cuidado que había puesto en ocultarse, no encontró a nadie mientras deambulaba por el palacio. Hasta los sirvientes estaban dormidos a esa hora de la noche.

No supo hacia dónde se dirigía hasta que, minutos después, se encontró parada frente a la habitación de su hermana, o lo que había sido la habitación de su hermana durante su breve reinado, hacía casi ocho años. Levana pudo haberse apropiado de esas habitaciones, más amplias y lujosas que la recámara que ella ocupaba, pero en ese momento había disfrutado compartir sus aposentos con Evret y Winter. Le había gustado la idea de ser una reina que no necesitaba riquezas ni lujos, solo rodeada del amor de su familia.

Se preguntaba si la gente de la corte se había estado riendo a sus espaldas todo este tiempo. ¿Era ella la única que nunca se había dado cuenta de lo falsos que habían sido en realidad su matrimonio, su *familia*?

Dejó a los guardias en el corredor y abrió la puerta de la recámara de su hermana. No tenía pestillo, y al principio Levana no esperaba encontrar nada de valor. Seguramente los sirvientes sabían que ella nunca entraba allí, que podían llevarse alguno de los bellos tesoros que guardaba en su interior.

Pero cuando Levana entró y las luces comenzaron a parpadear, cubriendo la habitación con un resplandor sereno, vio que estaba exactamente como lo recordaba; hasta la suave fragancia del perfume de su hermana. Fue como entrar en un museo, cada pieza encapsulada en el tiempo. El cepillo de su hermana junto al espejo, con las cerdas perfectamente limpias. La colcha arreglada. Incluso estaba el pequeño moisés de terciopelo color crema con una diminuta corona de filigrana en la parte superior, donde la bebé Selene había dormido sin que Levana se hubiera enterado.

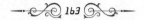

Suponía que la niña había estado con una nodriza o una niñera durante ese primer año, no en las habitaciones de su madre.

Al mirar aquella hermosa camita, dulce, inocente e inofensiva, pensó que tal vez debería haber sentido algo. Remordimiento. Culpa. Horror por lo que había hecho todos esos años.

Pero no había nada. No sintió nada más que el corazón roto dentro de su pecho.

Apartando la vista de golpe, encontró lo que buscaba.

El espejo de su hermana.

Estaba en la esquina del fondo de la habitación, su cristal fundido entre las sombras. Era más alto que Levana y tenía un marco de plata deslucido por el tiempo. El metal había sido labrado en elaboradas volutas con una prominente corona centrada en lo alto. A los lados, flores y espinosos tallos se entrelazaban alrededor del marco, dando la apariencia de que brotaban de la parte posterior del espejo y que algún día lo cubrirían por completo.

Levana solo había estado una vez delante de un espejo, cuando tenía seis años. Desde que Channary la había obligado a entrar en la chimenea: primero la mano, luego el brazo y luego el lado izquierdo del rostro. Sin piedad. Channary ni siquiera había tenido que tocarla. En las garras del control mental de Channary, Levana era incapaz de defenderse, de huir, de salir de las llamas.

Solo cuando sus gritos atrajeron a un par de sirvientes que entraron corriendo a la guardería, Channary la dejó, mientras aseguraba que había tratado de salvar a su hermana. A su estúpida y curiosa hermana menor.

A su horrible, deforme y marcada hermana menor.

El espejo había pertenecido a la madre de ambas, y Levana solo tenía vagos recuerdos de la reina Jannali acicalándose frente a él antes de una cena de gala o en alguna de esas raras ocasiones en que

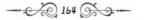

no le irritaba la presencia de sus propias descendientes. En general, Levana recordaba a su madre por el aspecto de su encanto. Pálida como un cadáver, con el cabello platinado y esos severos ojos violeta que parecían hacer que el resto de ella se desvaneciera. Pero cuando se sentaba frente a aquel espejo, Jannali se mostraba como era en el fondo. Como era en realidad. Y se parecía mucho a Channary, con piel naturalmente bronceada y brillante cabello castaño. Era preciosa. Quizás aún más que con el encanto, aunque no tan impactante. No tan regia.

Levana pudo recordar que cuando era muy, muy pequeña, sufría pesadillas en que su madre, la corte y todos los que la rodeaban tenían dos caras.

Channary se apoderó del espejo casi inmediatamente después de los asesinatos, y desde entonces Levana no lo había vuelto a ver. Lo cual estaba bien. Odiaba los espejos. Detestaba sus reflejos, sus *verdades*. Odiaba el hecho de que parecía ser la única que los aborrecía, aun cuando en la corte todo el mundo se paseaba por ahí con encantos tan absolutamente falsos como el suyo.

Esta vez Levana tomó aire y caminó lentamente hacia la monstruosidad. Su reflejo apareció cubierto con la cortina blanca, y se sorprendió al descubrir que no se asemejaba mucho a un fantasma. Más bien parecía una novia de la Segunda Era. Infinita felicidad podía ocultarse tras ese velo. Alegría sin límites. Muchos sueños realizados.

Tomó los bordes de la tela y la levantó sobre su cabeza.

Hizo un gesto y retrocedió al ver su reflejo. Le llevó un momento volver a reunir valor y mirar de nuevo, aun cuando mantuvo el rostro parcialmente volteado, de modo que pudiera retroceder rápidamente si la imagen se tornaba demasiado dolorosa.

Fue peor de lo que recordaba, pero había pasado muchos, muchos años negándose a recordar.

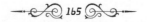

Su ojo izquierdo estaba cerrado de manera permanente, y el tejido cicatrizado de ese lado de su rostro formaba pliegues y surcos. La mitad de su cara había quedado paralizada por el accidente, y en grandes porciones de su cabeza jamás volvería a crecer cabello. Las cicatrices se extendían hacia su cuello y su hombro, la mitad del pecho y las costillas superiores, hasta llegar a su mano.

Los doctores hicieron lo que pudieron en su momento. Al menos le habían salvado la vida. Le dijeron que cuando fuera mayor habría alternativas. Una serie de cirugías de trasplantes de piel podría reemplazar gradualmente el tejido dañado. Injertos de cabello. Modificaciones de la estructura de los huesos. Incluso le habían dicho que podrían encontrar un ojo sano para ella. Encontrar un par perfecto sería difícil, pero buscarían por toda la nación un donante compatible, y nadie se atrevería a rechazar una petición de su princesa. Aunque se tratara de su propio ojo.

Pero siempre quedarían cicatrices, aun cuando fueran apenas visibles, y en aquel momento la idea de aceptar tales trasplantes le había causado repugnancia. El ojo de alguien más. El cabello de otra persona. Piel trasplantada de la parte posterior de su muslo en su propia cara.

En aquel entonces le había parecido más fácil desarrollar su encanto y fingir que nada estaba mal debajo de todo aquello.

Ahora muchos habían olvidado cómo se veía en realidad y ella ni siquiera consideró que le hicieran las cirugías. No podía soportar la idea de los cirujanos revoloteando sobre su cuerpo grotesco e inconsciente, analizando la mejor manera de disimular su fealdad.

No. Su encanto funcionaba. Su encanto *era* la realidad ahora, sin importar lo que pensara Evret. Sin importar lo que pensara cualquiera.

Ella era la reina más hermosa que Luna había conocido.

Tomó la cortina y se puso nuevamente el velo sobre su cabeza, encapsulándose. Su corazón latía como una estampida, el pulso le retumbaba en los oídos.

Con un grito de rabia, alcanzó el cepillo de plata en el tocador y lo arrojó al espejo con todas sus fuerzas.

Una telaraña de grietas estalló en el cristal y se extendió hacia el marco de plata. Cien extrañas con velo le devolvían la mirada. Gritó otra vez y empezó a agarrar todo lo que había a su alcance: un jarrón, una botella de perfume, un joyero, y lo lanzó contra el espejo, mirando cómo los pedazos de vidrio se rompían y se hacían astillas, y trozos de plata caían al piso. Finalmente tomó la pequeña silla que estaba al lado del tocador, tapizada de terciopelo blanco.

Con un estruendo final, el espejo quedó destruido. Había astillas de vidrio esparcidas por toda la habitación.

Los guardias entraron a toda prisa.

—¡Su Majestad! ¿Está todo bien?

Jadeando, Levana arrojó la silla a un lado y se desplomó, sin prestar atención a un pedazo de vidrio que cortó su espinilla.

Temblando, ajustó el velo sobre su cabeza, asegurándose de quedar completamente cubierta.

—¿Su Majestad?

—¡No se acerquen! —gritó ella con la mano extendida.

Los guardias se detuvieron.

—Quiero —casi ahogándose con las palabras, se restregó las lágrimas del rostro. Luchaba por recobrar la compostura, pero su voz sonó firme cuando habló de nuevo—. Quiero que todos los espejos del palacio sean destruidos. Cada uno. Revisen las habitaciones de la servidumbre, los cuartos de baño, en todas partes. ¡Revisen toda la ciudad! ¡Destrúyanlos y arrojen los pedazos en el lago, donde no tenga que volver a verlos!

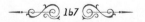

Después de un largo silencio, uno de los guardias murmuró:

—Mi reina.

Ella no sabía si le respondería que sus órdenes se cumplirían o que estaba diciendo locuras.

No le importaba.

—Una vez que todos los espejos hayan sido destruidos, deseo ordenar vidrios especiales para todo el palacio, para cambiar todas las ventanas, cada superficie de cristal. Cristal que no sea reflejante. En absoluto.

—¿Eso es posible, reina mía?

Exhalando lentamente, Levana se aferró al borde del tocador y se puso de pie con tanta gracia como le fue posible.

Se ajustó el velo antes de volverse hacia los guardias.

—Si no lo es, entonces, todos viviremos en un palacio donde no habrá un solo cristal.

—SÍ. SÍ. ESTO FUNCIONARÁ. ME AGRADA.

El técnico hizo una reverencia; su rostro se relajó, aliviado, pero Levana ya lo estaba ignorando, pues su atención había quedado cautivada por la pantalla especial que había mandado instalar en el marco de plata del espejo de su hermana. El cristal destruido había sido arrojado al lago junto con el resto.

Pasó un dedo por la pantalla para probar su funcionamiento.

En Luna la mayor parte del entretenimiento se transmitía por medio de nodos holográficos o de las enormes pantallas instaladas en las paredes de los propios domos. Pero las comunicaciones y los servicios de video de la Tierra no siempre se convertían en hologramas,

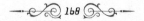

así que su nueva pantalla de red era más parecida a la tecnología terrícola. Era tan útil como bella.

La necesitaría para vigilar a la gente en los sectores externos. Para sus discusiones con el emperador de la Comunidad Oriental. Para las transmisiones de noticias que estaría supervisando minuciosamente una vez que enviara a su ejército.

Una reina bien informada era una buena reina.

Se quedó absorta cuando uno de los servicios de noticias de la Tierra mostró a la familia real de la Comunidad Oriental. El emperador Rikan, de pie en el podio, con la bandera de su país como una alborada detrás de él. El joven príncipe, también de pie, junto a un consejero político de cara avinagrada y mirada baja. Era un chiquillo, no mucho mayor que Winter. Pero fue su padre y su expresión triste lo que llamó la atención de Levana.

La conferencia de prensa era para informar sobre la tragedia reciente.

La amada emperatriz acababa de morir, después de haber contraído nada menos que la enfermedad de Levana durante un viaje filantrópico a una ciudad asolada por la peste en el extremo occidental de la Comunidad.

Muerta por letumosis.

Levana rio –no pudo evitarlo– al recordar el comentario distraído de Channary sobre la posibilidad de que un día la emperatriz pudiera ser asesinada.

Esto no era asesinato. Esto no era un crimen.

Esto era el destino.

Destino simple, exquisito y cegadoramente claro.

La Tierra ya no podría alardear de su perfecta familia real en su perfecto pequeño palacio. Ya no podría proclamar la felicidad que había eludido a Levana por tanto tiempo.

–¿Mi reina?

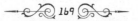

Se volvió hacia el técnico, que sujetaba un par de guantes y se veía aterrorizado.

—¿Sí?

—Solo quería mencionar que… ¿Usted es consciente, espero, de que su… de que los encantos no se transmiten por las pantallas de red? Es decir, en caso de que usted desee enviar mensajes de video o hacer alguna transmisión.

Una sonrisa se extendió en los labios de Levana.

—No se preocupe. Ya he encargado a mi modista algo especial para esas ocasiones —echó un vistazo al velo de encaje que le habían entregado días antes, mucho más sofisticado que la cortina del dosel, pero con el mismo disimulo y seguridad que esta le había brindado.

Tras despedir al técnico, Levana volvió a mirar la transmisión silenciada de la familia real de la Comunidad Oriental. Desde su pelea con Evret, hacía más de un mes, y su asalto contra los espejos del palacio, había retomado su papel de reina como nunca antes. Apenas dormía. Apenas comía. Ella, Sybil Mira y el resto de la corte pasaban largas horas discutiendo acuerdos comerciales y de producción con los sectores externos, y nuevos métodos para aumentar la productividad. Se necesitaban más guardias para patrullar los sectores externos, así que se hicieron reclutamientos y los entrenamientos comenzaron. Algunos de los jóvenes que intentaban reclutar no querían *ser* guardias en absoluto, en especial aquellos que tenían familiares en los mismos sectores que estarían vigilando. Levana resolvió el problema amenazando con quitar el sustento a las mismas familias por las que estaban tan preocupados, y observó la rapidez con que los jóvenes cambiaban de opinión. El toque de queda impuesto para el necesario descanso y protección de los trabajadores fue impopular desde el comienzo, aunque después de que insinuó

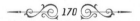

que impondría castigos ejemplares a los civiles que se rehusaran a obedecer las nuevas leyes, la gente empezó a ver lo razonable de esas medidas tan estrictas.

Pero aun cuando estaba haciendo a su nación más fuerte y estable, había un problema incipiente que Levana no podía ignorar.

Los recursos de Luna estaban disminuyendo más rápido que nunca, justo como habían pronosticado los reportes. Solo el suelo lunar parecía ser inagotable, pero el suministro de agua, la agricultura, la industria forestal y las plantas de reciclaje de metales dependían del espacio dentro de los domos de gravedad controlada y de las materias primas que se habían traído de la Tierra hacía muchas generaciones.

Más lujos, diversificación de cultivos, más armamento militar, campos de entrenamiento y construcción de naves equivalían a menos recursos.

Los representantes de la corte le advirtieron que no podía sostener ese nivel de crecimiento por más de una o dos décadas.

En la pantalla, el emperador Rikan estaba dejando el estrado. El príncipe heredero jugueteaba con su corbata. El pueblo de la Comunidad lloraba.

—La Tierra —musitó Levana, saboreando la palabra en su lengua, y sintió como si fuera la primera vez que la pronunciaba. O la primera vez que hablaba en serio. *La Tierra*—. Es lo que necesitamos.

¿Por qué no tomarla? Los lunares eran la sociedad más avanzada, la especie más evolucionada. Eran más fuertes, inteligentes y poderosos. Comparados con ellos, los terrícolas no eran más que niños.

¿Pero cuál era la mejor manera de apoderarse de ella? Los terrícolas eran demasiados como para lavarles el cerebro, incluso si los dividiera entre todos los miembros de la corte. La letumosis apenas había empezado a cobrar fuerza: pasarían años antes de que pudiera hacer uso de su antídoto.

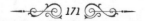

Y sus soldados lobo aún no estaban listos para ningún tipo de ataque a gran escala. Todavía había mucho trabajo que hacer si abrigaba alguna esperanza de tomar la Tierra por la fuerza.

Sin embargo, tal como había aprendido de Channary, uno no siempre tiene que tomar las cosas por la fuerza. A veces es mejor si haces que vengan a ti. Si haces que te *deseen*.

Entonces una alianza matrimonial, justo como Channary había soñado para sí durante todos esos años. La princesa Winter sería una buena pareja para ese muchacho, pero Winter no tenía sangre real. La alianza sería demasiado superficial.

No, debía ser la reina. Debía ser Levana. Debía ser alguien que un día, *algún día*, procrearía un heredero al trono.

Apretando los labios, apagó la pantalla.

Supo que tendría que hacerlo. Por el pueblo. Por su futuro. Por Luna. Por toda la Tierra.

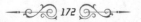

NO PODÍA RECORDAR LA ÚLTIMA VEZ QUE HABÍA ENTRADO A SU RECÁMARA en medio de la noche, y Evret pareció sorprenderse por su presencia. Apenas habían hablado desde su discusión, y cuando Levana trató de besarlo, él la rechazó tan amablemente como pudo.

No obstante, no le pidió que se fuera.

Se preguntaba si estaría recordándola cómo era debajo del encanto, y esa idea le endureció el corazón. La manera en que la había mirado —a su verdadero yo— le heló las venas.

Lo despojó de sus reticencias, una a una. De forma tan gradual y delicada que él ni siquiera se dio cuenta de que lo estaba manipulando. Pensaría que solo era su propio corazón latiendo con más fuerza. Su propia sangre más caliente. Su propio anhelo creciendo dentro de él hasta que finalmente cedió y la tomó en sus brazos.

El amor es una conquista.

Aunque ella sabía que no era su decisión, que nunca había sido su decisión, sus besos la llenaron de gozo. Incluso después de todos esos años, ella lo amaba. Sin importar lo que él decía acerca de su matrimonio, esto era real.

Después, Levana se quedó acurrucada en el hueco de su brazo, con la cabeza apoyada sobre la cavidad de su pecho, escuchando el arrullador tamborileo de su corazón. Deslizó el pulgar por el anillo de bodas que él le había dado, haciéndolo girar en su dedo. Sabía que no volvería a usar el dije en forma de globo terráqueo después de esta noche, pero jamás se quitaría ese anillo. Lo llevaría consigo para siempre, por toda la eternidad.

El dije representaba el amor que Evret nunca había sentido por ella.

Pero el anillo de bodas representaba el amor que ella siempre había sentido por él.

El amor es una guerra.

Aunque había estado esperando las pisadas amortiguadas provenientes del corredor, se sobresaltó al escucharlas. Dos guardias reales, neutralizados. Se preguntó si él había decidido matarlos o solo dejarlos inconscientes.

Evret se agitó en sueños. Instintivamente la estrechó con su brazo y Levana apretó los ojos para no llorar.

A partir de este día, tú serás mi sol al amanecer y mis estrellas en la noche.

La puerta de la recámara se abrió de golpe y se estrelló con estrépito contra la pared. Evret se sobresaltó y al mismo tiempo empujó a Levana a un lado.

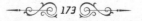

Una silueta oscura llenó el marco de la puerta.

Más tarde, cuando tuvo tiempo de procesarlo todo, Levana se sorprendió por la rapidez con que Evret reaccionó. Aunque apenas estaba despierto, sus instintos se alertaron de inmediato. En un solo movimiento empujó a Levana fuera de la cama, de forma que quedara protegida detrás del colchón, y él rodó en dirección opuesta. Un disparo destelló en la habitación. El sonido fue ensordecedor. No pasaría mucho tiempo antes de que más guardias llegaran corriendo.

—¡Majestad, quédese abajo! —gritó Evret. De alguna parte sacó un cuchillo. Por supuesto que tenía un cuchillo. Probablemente había dormido con él debajo de su almohada desde su noche de bodas y Levana nunca lo había sabido.

No se quedó abajo. En cambio, se aferró a las mantas y observó cómo Evret se arrojaba sobre el intruso, y se despidió en silencio de él, mientras las lágrimas resbalaban por su rostro.

El cuchillo estaba a solo un cabello del pecho del intruso, cuando quedó como congelado.

Este no era un vacío como el que había asesinado a sus padres.

Este era un asesino mucho más hábil. Mucho más peligroso. Mientras la visión de Levana se ajustaba a la luz que se derramaba desde el corredor, vio a Evret abrir aún más los ojos al reconocerlo.

Aunque el taumaturgo mayor Haddon se había retirado años atrás, nunca había dejado la corte por completo. O, como Levana había adivinado, no había renunciado por completo a sus ambiciones. Había llegado a la posición más alta que podía alcanzar en la corte sin ser de la realeza.

Levana le había hecho una promesa muy tentadora, y no tuvo ninguna duda cuando le dijo cuál era el precio.

El cuchillo cayó en forma frustrante sobre la cama.

Un segundo disparo. Un tercero. Un cuarto. Las sábanas blancas

salpicadas de sangre. Levana escuchó gritar a la princesa Winter al fondo del corredor. Se preguntó si la niña vendría a ver qué estaba ocurriendo o si sería suficientemente lista como para correr por ayuda.

De cualquier forma, sería demasiado tarde.

Ya era demasiado tarde.

Joshua Haddon soltó a Evret, quien cayó de rodillas. La sangre cubría sus manos mientras las presionaba contra su estómago.

—Majestad —gimió—. *Corra.*

El taumaturgo se volvió hacia Levana. Estaba sonriente, orgulloso y arrogante. Había tenido éxito. Había hecho lo que ella le había pedido. Y ahora, sin la carga de un esposo, era momento de que Levana cumpliera la promesa que le había hecho: casarse con Joshua y coronarlo rey de Luna. Cuando Levana le pidió que interviniera, se aseguró de decirle cuánto lo había admirado durante años, y que esto era lo que ella había anhelado desde que había cometido el error de casarse tan joven. Engreído como era, Haddon requirió muy poca labor de persuasión.

Levana se incorporó, con las piernas temblorosas.

Haddon bajó el arma. Sus ojos recorrieron su cuerpo —su cuerpo de encanto— llenos de lujuria y expectación.

Ignorando las lágrimas que ya se secaban en sus mejillas, Levana se abalanzó hacia Haddon. Él alzó los brazos para recibirla.

Pero en lugar de abrazo recibió un cuchillo que se hundió hasta la empuñadura en su pecho.

Mientras su expresión se llenaba de horror y sorpresa, Levana lo empujó. Él trastabilló y se estrelló contra la pared.

Ella cayó al suelo, junto a Evret. Su agonía le clavó las garras en la garganta y estalló en un alarido estridente.

Tan pronto Levana estuvo fuera de peligro, Evret perdió sus últimas reservas de energía y se derrumbó contra un lado de la cama.

—¡Evret! —gritó, sorprendida al descubrir que el terror era real. Observar la chispa que se apagaba en sus ojos, la forma en que esas vetas grises y esmeraldas parecían desvanecerse en la oscuridad, fue más doloroso de lo que había imaginado.

Juro amarte y llevarte en el corazón por todos nuestros días.

—Evret —repitió, ahora con un gemido. Unió sus manos a las suyas, tratando de cubrir las heridas. Al fondo del corredor había nuevos pasos. No había pasado más de un minuto desde que Haddon había entrado en la habitación, pero se sentía como si hubiera transcurrido toda una vida. Miró hacia abajo y vio su camisón ensangrentado. Sus manos cubiertas de sangre. Sangre en los dos anillos de bodas que él aún usaba, apretados uno contra el otro.

Esto es lo que pienso del amor.

—Lo siento. Lo siento mucho. Oh, estrellas, *Evret* —dijo ella entre sollozos.

—Está bien —jadeó él rodeándola con los brazos y estrechándola—. Está bien, cariño.

Ella lloró más fuerte.

—Por favor, cuida a Winter. Por favor.

Ella sollozó.

—Promételo, reina mía. Promete que cuidarás de ella.

Ella se atrevió a mirarlo a los ojos. Eran intensos, se rendían y luchaban con gran esfuerzo por permanecer fuertes. Por ocultar su dolor. Por fingir que no estaba muriendo.

En algún momento llegaron los guardias. Un médico. Incluso Winter, con su camisón claro y lágrimas de miedo. Y también Sybil, al parecer sin sorprenderse, a juzgar por la inexpresividad de su ceño.

Levana apenas si vio a alguno de ellos. Estaba sola con Evret, su esposo, sosteniendo su mano mientras la sangre se enfriaba en su piel. Sintió el momento en que murió y se quedó sola.

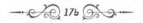

No pudo dejar de llorar.

Era su culpa. Todo era su culpa. Había arruinado cada momento que había pasado con él, desde el primer beso.

—Te lo prometo —susurró, aunque las palabras le quemaban la garganta. Ella no amaba a la niña. Solo había amado a Evret, y ahora también había destruido incluso eso—. Lo prometo.

Tomó el dije que colgaba de su cuello y rompió la cadena con un firme tirón. Deslizó el dije en la mano de Evret mientras Sybil la apartaba y Winter se desplomaba gritando sobre su padre para tomar el lugar de Levana.

Las palabras de su hermana volvieron a sus oídos retumbando, llenando todos los espacios vacíos en su corazón.

El amor es una conquista. El amor es una guerra.

Esto es lo que pienso del amor.

Agradecimientos

GRACIAS, GRACIAS, GRACIAS...

A Jill, Cheryl y Katelyn, por todos sus consejos y entusiasmo, y por no extrañarse cuando les dije: "¡Sorpresa! Escribí esta novela y no tengo idea de qué hacer con ella".

A Liz, Jean y Jon, por creer en mí como autora, y por creer que la historia de Levana necesitaba existir en el mundo.

A Rich Deas, por las portadas más fenomenales que cualquier autor podría desear.

Al resto del equipo de Macmillan, por su incansable creatividad y constantes esfuerzos por apoyarme a mí y a las *Crónicas Lunares*.

A todos los amigos detrás de NaNoWriMo, por recordarme cada año lo que soy capaz de hacer cuando realmente pongo mi mente en ello.

A Tamara Felsinger, Jennifer Johnson y Meghan Stone-Burgess, por haber sido brillantes una vez más.

A Jesse, por hacerme reír aun en momentos en que la escritura se vuelve deprimente y cosas así.

Y finalmente, a la chica que llegó a la fiesta de lanzamiento de *Cress* disfrazada de reina Levana y fingió matarme con sus uñas larguísimas. Gracias por no matarme de verdad con sus uñas larguísimas… Su Majestad.

Crónicas Lunares

Cinder

LIBRO UNO

Scarlet
LIBRO DOS

Cress
LIBRO TRES

MARISSA MEYER

Foto © Kali Raisl

Marissa Meyer

vive en Tacoma, Washington, con su esposo y tres gatos.
Es fanática de casi todas las *maravillas frikis*
(como *Sailor Moon*, *Firefly* u organizar su librero por colores).
Ha estado enamorada de los cuentos de hadas desde niña,
cosa que no tiene intenciones de superar nunca.
Podría ser una *cyborg*. O no...
Cinder, su primera novela, debutó en la lista
de *best sellers* de *The New York Times* con gran éxito.

Visita a la autora en marissameyer.com

REINO de Sombras

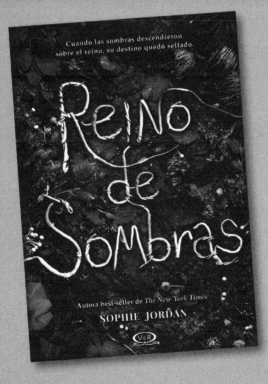

Cuando las sombras descendieron
sobre el reino, su destino quedó sellado.

Autora best-séller de *The New York Times*

SOPHIE JORDAN

SOPHIE JORDAN

¡Tu opinión es importante!

Escríbenos un e-mail a
miopinion@vreditoras.com
con el título de este libro en el "Asunto".

CONÓCENOS MEJOR EN:
www.vreditoras.com

MÁS INFORMACIÓN EN:
f **facebook.com/VREditorasYA**